할머니의 행복 레시피

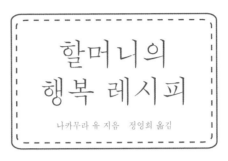

# 할머니의
# 행복 레시피

나카무라 유 지음   정영희 옮김

남해의봄날 ✿

# 자유롭고 즐거운, 매혹의 할머니 월드

멀고도 잘 알지 못하는 곳들을 내가 계속해서 찾는 이유는 내 두
다리로 그 땅에 서서 색을 보고, 냄새를 맡고, 피부로 느끼며, 그곳에
있는 모든 것을 맛보기 위해서다. 그리하여 말로는 쉽게 분별하기
힘든 그 존재 자체를 이해하고 싶기 때문이다.

세계를 여행하다 보면 얼굴 가득 남달리 아름다운 주름을 지닌
할머니를 만나곤 한다. 그 주름에 매료된 나머지, 언제부터인가 나는
여행지에서 '할머니 헌팅(인터뷰할 할머니를 찾는 일을 나는 이렇게
부르고 있다)'을 하기 시작했다.

멋진 주름을 가진 할머니를 발견하면 배고픈 길고양이처럼
다가가서는 할머니 뒤를 따랐다. 그리고 문이 열리면 슬쩍 부엌까지
따라 들어가 요리하는 할머니 옆에 섰다. 한 손에 식칼을 들고 진종일
수다를 떨다가 식탁에 밥을 차려 함께 먹었다.

부엌에서 우리는 세대차를 뛰어넘어 서로의 연애담을 주고받았다.
역사와 함께한 할머니의 고생담을 듣기도 했다. 그때그때 품고
있던 인생의 의문을 물어보기도 했다. 그러면 할머니들은 언제든지
대답해 주셨다. 나는 매번 그 대답 속에서 즐겁고 자유롭게 인생을
살며 '아름다운 주름'을 쌓아 가기 위한 힌트를 찾아낼 수 있었다. 이
책에 꾹꾹 눌러 담은 것은 여행을 하며 만난 여러 나라의 할머니들과
부엌에서 나눈 이야기들이다. 할머니들을 만날 때마다 그 자유롭고
단순한 인생관에 얼마나 많은 힘을 받았는지 모른다. 자, 여러분도
함께하시길. 매혹적인 '할머니 월드'로.

# MENU

chapter

5

여행, 때때로 마주친
할머니의 맛

chapter

6

행복 레시피를
나눠 드립니다

# chapter 1

# 솜씨 좋은 할머니의
# 재료 밑손질

garlic.

thinking someone in the kitchen

# 사람을 생각하는　　　　　　부엌

미쓰코 할머니의
아쓰야키

하이다초, 일본

오와세로 현장 학습 여행

리아스식 해안의 항만 안쪽에 위치한 미에 현 오와세 시 하이다초는 150여 명의 인구에 고령화율이 60퍼센트가 넘는 작은 항구 마을이다. 이세신궁이 가까이 있기 때문일까, 공기마저 신성하게 느껴지는 산들을 빠져나와 굽이굽이 길을 넘어야 겨우 도착하는 마을이기도 하다. 교통이 나빴던 옛날에는 바로 옆 마을에도 서로 오가기 힘들었다고 한다. 그래서 마을마다 방언이나 요리 방법에 짙은 개성이 남아 있다.

지난여름 이후, 여러 항구를 돌아봐야겠다는 생각이 들었다. 다양한 조업 현장을 살펴보고 싶었기 때문이다. '지속 가능한 어업'에 대해 제대로 배워 일본에 보급할 생각으로 시작했던 미국 연수를 끝낸 지 얼마 되지 않은 시점이기도 했다. 그런 와중에 건축가, 화가, 카피라이터 등 여러 분야에서 활약하는 사람들과 오와세로 여행을 가게 됐다.

오와세에 간다고 하니 몇몇 사람이 '오와세에 가면 이토 씨를 만나야 한다'고 했다. 그래서 이토 씨를 소개 받았다. 오와세에서 나고 자란 이토 씨는 넓은 시야로 고향을 바라보며, 마을을 보다 매력 있는 곳으로 만들 수 있는 사람이었다. 이런저런 이야기를 나누던 중 '지속 가능한 어업을 생각한다면 가야 할 곳이 있다'며 하이다초로 나를 데리고 갔다.

### 어부 마을의 밋짱

바다와 접해 있고 계단식 밭이 있는 하이다초. 이 마을은 남자 대부분이 어부다. 항구에서는 매일 많은 생선이 뭍으로 올라온다. 친숙한 생선부터 생전 처음 보는 생선까지 그 종류도 다양하다.

시장에 출하하지 않은 생선은 지역 할머니들이 직접 요리하여 '엄마 런치 뷔페'에서 판매한다. 엄마 런치 뷔페는 이토 씨가 지배인으로 일하고 있는 온천 레스토랑 '유메코도아와세'에서 맛볼 수 있다. 지역 할머니들에게는 일상 메뉴지만 마을 밖에서 온 사람에게는 '여기가 아니면 먹을 수 없는' 이 지역만의 요리다.

바다에서 내륙 쪽을 바라보니 이번에는 지속 가능한 임업의 본질을 고민하며 일본 임업계를 이끌어 가는 사람들의 모습도 볼 수 있었다. 오와세는 아름다운 경치뿐만 아니라, 강의 상류에서 하류에 이르기까지, 물과 땅의 다양한 환경에서 꾸려나가는 삶들 또한 볼 수 있는 땅이다.

오와세를 만끽한 뒤, '자, 이제 슬슬 도쿄로 돌아가 볼까?' 하는 분위기로 흘러갈 때 운명처럼 한 할머니를 만나고야 말았다. 하이다초 유일한 민박집 '야쓰라기소'를 45년이나 꾸려 온 미쓰코 할머니였다. 민박집이 항구 바로 옆이라서 할머니는 거의 매일 항구에 나온다고 했다. 갑작스러운 부탁에도 불구하고 민박집에서 묵을 수 있게 준비해 주셨다. '어부 교실'에서 어업을 배우는 청년들은 미쓰코 할머니를 '밋짱'이라는 애정 어린 호칭으로 부른다. 할머니는 그들에게 종종 밥을 만들어 준다고 했다.

거의 모든 항구 마을이 안고 있는 후계자 문제. 오와세도 예외는 아니다.
그 문제 해결을 위해 오와세에서는 명확한 비전을 바탕으로 '어부
교실'을 개최하고 있다. 어부 교실은 실제 일을 통해 어업 일을 배우는
프로그램이다. 수많은 젊은이가 어부 교실에 참가하고 있으며 이를
계기로 젊은 인력이 오와세로 이주해 오는 등, 활발한 성과를 내고 있다.

하이다초에서 자란 할머니는 힘든 어린 시절을 보내야 했다. 아버지는 전쟁에 불려 나갔고, 복통 환자였던 어머니 대신 가족을 위해 일해야 했다. 산에서 땔감을 줍고, 밭을 갈고, 밥을 짓고, 정말 고생스러운 시절이었다. 그런 까닭에 성인이 될 무렵에는 하이다초를 떠나 오와세 번화가의 전통여관에서 일했다.

"주방장에게 예쁜 요리를 많이 배웠지. 그게 어찌나 재밌던지. 아무튼 그렇게 잘 지내고 있는데 나중에 결혼하게 된 남편이 하이다초에서 오와세까지 찾아오기 시작했어."

놀랍게도 할아버지는 '좋아한다'거나 '결혼하자'는 말도 없이 매일 할머니를 만나러 왔다. 6년째에도 그랬고 7년째에도 그랬다.

"까마귀가 울지 않는 날은 있어도 쿄짱(할아버지)이 찾아오지 않는 날은 없다고 다들 그랬지."

할머니는 소녀 같은 얼굴로 웃었다. 하지만 할아버지와 결혼한다는 것은 하이다초로 돌아가야 한다는 것을 의미했다. 그것이 싫어 할머니는 결혼을 주저했다.

"그런데 어느 날인가, 쿄짱과 나를 잘 아는 친구가 와서는 '그렇게 좋은 남자

없다. 그 친구 말고 도대체 어떤 남자하고 결혼할 생각이냐?'고 설득하더라고. 결국엔 쿄짱 끈기에 져서 결혼한 거지."

결혼 뒤, 남편의 반대를 무릅쓰고 시작한 민박집은 할머니의 매력 있는 성격과 맛있는 요리로 인기를 끌었다. 놀랍게도 집을 세 번이나 증축해야 할 정도였다! 지금은 손님이 줄어들었지만 전국에 흩어져 있는 예전 손님들과 제철 음식을 주고받는 등 여전히 맛있는 교류를 이어가고 있다고 했다.

"남편은 결혼하고 나서도 '좋아한다', '사랑한다'고 단 한 번도 말한 적이 없었거든. 근데 죽기 몇 개월 전인가, '이렇게 각별하게 너를 사랑하고 있다'는 말을 한 적이 있었어. '어머나, 그런 말도 알고 있었네, 당신.' 깜짝 놀라 엉겁결에 그렇게 말했었지. 이제 와서 보니 임종의 말이었다고, 딸내미하고 둘이서 웃곤 해."

그렇게 미쓰코 할머니는 밝게 말했다.

그 당시 나는 남자친구에게 차여 집을 나선 이후, 정해진 거처도 없이 매일 누군가의 집에서 잠을 얻어 자는 길고양이 같은 생활을 1년 정도 하고 있었다. 그때의 나는 내 존재를 찾는 데에만 필사적이었던지라 연애할 여유 같은 건 없었다. 그렇지만 생각지도 못한 가슴 찡한 순애보를 접하고 좋아하는 사람과 보낸 시간을 떠올려 봤다. 그리고는 어쩐지 반성하게 됐다. 소녀처럼 웃을 수 있는 연애를 하려면 좀 더 순수하게 있는 그대로 받아들일 수 있어야 한다고 말이다.

## 푹신푹신, 시큼달콤한 아쓰야키

할머니는 매년 새해가 되면 사람들을 모아 집에서 잔치를 벌였다. 남편이 선장이었기 때문이다. 그때는 양갱이나 아쓰야키 으깬 생선 살에 달걀을 섞어 두툼하게 지진 음식, 오시즈시 손으로 쥐어 만드는 일반 초밥과는 달리, 틀에 밥을 넣고 그 위에 손질한 생선 살 등을 올려 꾹꾹 눌러 만든 초밥 에 스가타즈시 생선 모양을 흐트러뜨리지 않고 만든 초밥. 생선의 뼈와 내장만을 발라낸 후 식초에 절였다가 밑간한 밥 위에 올려 만든다 까지 '이제 그만 됐다'는 소리가 나올 정도로 잔뜩 만들었다. 할머니께 최근 들어서는 너무 힘들어 좀처럼 만들지 않는다는 아쓰야키를 특별히 만들어 주십사 부탁드렸다.

"오늘은 청돔이지만 아쓰야키는 그때그때 잡힌 생선으로 만들어. 전갱이, 쥐

치, 게르치 등등. 아쓰야키는 축하연이든 장례식이든 빠트리지 않고 꼭 만들던 음식이었어."

그렇게 말하며 할머니는 양념을 하기 시작했다. 계량도 하지 않고 휙휙, 손이 완전히 기억하고 있는 듯했다. 나는 필사적으로 그 분량을 대략이라도 파악하려 애썼다.

할머니는 생선을 손질하고 살 안쪽의 검은색 막까지 깨끗하게 떼어 냈다. 청돔

작은 전갱이 속에 초밥용 밥을 채운 '전갱이 스가타즈시'는 항구 마을이기에 가능한, 항구 마을을 상징하는 요리다. 전갱이의 등을 따서 작은 가시까지 정성껏 발라내고 이틀 동안 식초에 절여서 만든다. 할머니는 전갱이 스가타즈시를 두고 이렇게 말했다. "이걸 좋아하는 사람은 머리까지 전부 와구와구 먹어 버리지."

과 오징어, 보리멸, 다 더해 약 1.1킬로그램의 생선 살을 으깬 후, 소금을 30그램 정도 넣었다. 절구를 사이에 두고 두 사람이 마주보고 앉아 두 개의 나무 공이를 교차하며 춤추듯이 으깼다. 두 명이 함께 하지 않으면 안 될 정도로 힘이 들어가는 작업이지만 보는 사람 눈에는 절로 미소가 떠오르는 흥겨운 광경이었다. 생선 살에 찰기가 생기면 달걀 다섯 개와 설탕을 넣어 다시 잘 치댔다. 밀가루 40그램과 술 100밀리리터, 거기에 치자 가루를 개서 만든 노란 색소를 첨가해 산뜻함을 더

했다. 계란말이용 사각 프라이팬으로 양 표면에 구운 흔적을 주고 15분 정도 쪄내면 완성. 할머니의 아쓰야키는 계란말이 같은 폭신한 식감에 달콤하면서도 은은한 신맛이 감도는 꽉 찬 맛으로 완성됐다.

지금도 할머니는 오와세에서 잡은 물고기를 말려 뒀다가 친척이나 친구들에게 보낸다. 그리고 마을 젊은이들에게도 늘 마음을 쓰며 다양한 요리를 해 준다.

"내게 돈 같은 건 없지만 다들 '밋짱, 밋짱' 하며 살갑게 찾아와 주곤 해. 감사한 일이지."

그리고 센스 있게 이런 말을 덧붙였다.

"지금은 '이게 다 치매 방지 차원이다' 그런 생각으로 사람들에게 요리를 해 주고 있어."

할머니가 모두에게 사랑받는 까닭은 이처럼 모두를 생각하는 마음으로 부엌에 서기 때문이 아닐까.

create welcoming home

# 누구에게나　　　열려 있는 식탁

멧타 할머니의
콜라켄다

콜롬보, 스리랑카

예스 예스 스리랑카

존경하는 포토저널리스트가 말했다.

"사진가 지망생에게 인도나 스리랑카를 추천하지 않는다. 자신에게 재능이 있다고 착각하고 말기 때문이다."

스리랑카 첫 여행에서 그 말이 무슨 뜻인지 분명히 알 수 있었다. 스리랑카는 생명력이 넘쳐흘렀고 숨을 멈추게 할 만큼 선명한 색들로 가득했다. 생활의 한 장

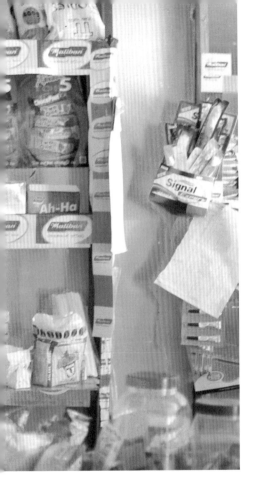

면을 잘라 담기만 해도 그림이 되는 그런 땅이었다.

인구 약 2000만 명의 나라 스리랑카. 거리를 걷고, 사람들을 겪으면서 금세 깨달았다. 이 나라 사람들은 묘하게 싱글거리고 있다는 것을! 눈이 마주치면 그들은 무조건 싱긋 웃는다. 내 쪽에서 싱긋 웃으면 그 두 배의 싱글벙글이 되돌아온다. 이 사실을 깨닫자마자 어쩐지 그들과의 거리가 급속도로 가까워진 기분이었다.

그러나 한 가지 도무지 풀리지 않는 의문도 있었다. 분명히 '오케이!'의 표정

불교 신자가 많은 스리랑카. 부처의 송곳니를 모시고 있다는 달라다말리가와 사원에서 기도하는 사람들의
모습이 무척 인상 깊었다. 또한 채소의 다채로운 색감, 경치 속에 들어 있는 붉은색, 갈색, 초록색에서 받은
인상도 강렬했다. 스리랑카를 떠올릴 때마다 흙냄새 나던 공기의 질감과 그 색들이 함께 떠오른다.

으로 "예스, 예스" 하면서도 정작 고개는 '노'라고 할 때처럼 옆으로 흔드는 것이
었다. 처음에는 무척이나 당황스러웠다. 하지만 잘 관찰해 보니 고개를 젓는 방법
에도 두 종류가 있었다. 고개를 도리도리 옆으로 저을 때는 '노', 고개를 어깨 쪽으
로 기울여 좌우로 흔들 때(눈은 상대방을 보고 입가는 싱글싱글)는 '예스'. 그 당
시에는 정말 헷갈렸지만, 이제는 스리랑카 사람을 머릿속으로 떠올릴 때면 그들은
언제나 귀여운 모습으로 '예스, 예스' 하고 있다.

### 친구들에게 둘러싸인 달콤한 시간

스리랑카에서 만난 이는 81세의 멧타 할머니다. 할머니는 스리랑카 최대 도시 콜
롬보의 상류층 주거 지역에 살고 있다. 젊었을 때 할머니는 그 시대로는 드물게도
활동적인 커리어우먼이었다고 했다. 그때만 해도 여자는 결혼하면 전업주부가 되
어 집안일을 하는 게 당연하다고 생각하던 시대였다. 영어도 유창해 퇴직한 뒤에

도 15년 정도 손수 민박집을 경영했다.

멧타 할머니는 형제가 아홉이었다. 남편의 형제도 아홉이었기 때문에 두 가족을 더하면 놀랄 정도의 대가족이 된다. 그 많은 친척들은 물론 친구들까지 늘 멧타 할머니 집에 모여 밥을 먹었다. 아들 프라딥은 웃으며 말했다.

"우리 어머니는 누군가를 즐겁게 해 주는 재주가 뛰어난 사람이야. 기분 좋게 대접하는 재능이 대단하지. 나도 닮고 싶은데, 정작 해 보면 그게 좀처럼 쉽지가 않더라고."

점심 무렵, 할머니의 딸 디피카의 집에서 차를 마시고 있을 때였다. 갑자기 친구들이 하나둘 너무나도 자연스레 모여들기 시작했다. "오늘 여기 점심 메뉴는 뭐야?" 이런 소리를 하면서 말이다.

"누구라고 정해진 건 아닌데, 하여튼 늘 누군가가 밥을 먹으러 오기 때문에 좀 넉넉히 만들어 두는 편이야."

디피카의 말에 밥을 먹으러 온 이웃 사람이 웃으며 말했다.

"예전에는 이웃인 멧타 씨 집이 집합 장소였지만 지금은 여기가 집합 장소야. 세대교체가 된 거지."

디피카는 주문 제작 데코레이션 케이크를 케이터링 하는 일을 한다. 스리랑카에서 엄청난 인기를 끌고 있는 케이크라고 했다. 디피카의 집은 천장이 무척이나 높고 굉장히 세련됐다. 집에 대해 물어봤다가 깜짝 놀랐다. 스리랑카를 대표하는 세계적인 건축가 제프리 바와의 이름을 딴 '제프리 바와 어워드'를 수상한 젊은 건축가, 그러니까 그의 오빠 프라딥이 디자인한 집이었다. 그날 밤 그 집에 지식인들이 하나둘 모여들기 시작했다. 알맹이 있는 이야기에 시시껄렁한 이야기까지 자유롭게 떠들며 편안한 시간을 보냈다. 그러다 문득 이런 생각이 들었다.

'길고양이 생활 따위 하고 있을 때가 아니다!'

이제 나도 슬슬 누군가에게 베푸는 사람이 되어야 했다. 그렇지 않으면 여러 사람들에게 받은 은혜가 너무 많아 영영 돌려주지 못할 것만 같았다. 게다가 나도 이런 공간이 탐이 났다. 사람들이 모여드는 편안한 나만의 공간 말이다. 그리고 결정적으로, 좀처럼 연인이 생기지 않는다는 내 투덜거림에 '그런 생활 하면서 연인이 생기는 게 더 이상하다'고 대꾸하던 친구의 말이 옳다는 생각도 들었다.

멧타 할머니 가족의 행복한 모습을 보고 있자니 1년 반 동안 이어 온 집 없는 길고양이 생활에 종지부를 찍고 싶어졌다. 그리고 사람들을 불러 모을 수 있는 장소가 갖고 싶어졌다. 도쿄에 돌아가면 좋아하는 사람들을 언제든 초대할 수 있는, 그런 집을 빌리자고 마음먹었다.

## 수수께끼의 초록색 죽

멧타 할머니를 만난 뒤 며칠 동안 수수께끼 정보만 손에 쥐고 스리랑카 여기저기를 뛰어다녔다. '스리랑카 사람은 매일 아침 초록색 죽을 먹는다'는 정보였다.

콜롬보에는 아침에만 잠깐 문을 여는 가게가 있다. 출근 러시아워 딱 한 시간 동안만 영업하는 가게다. 시부야의 스크램블 교차로처럼 교통량이 많고 사람들이 종횡무진 오가는 몇몇 장소에만 등장한다. 바로 그곳에서 초록색 죽을 판다. 꽤나

초록색 죽 콜라켄다와 재거리를 팔고 있는 몇몇 작은
가게들. 재거리는 키툴이라는 사탕수수과 식물에서
추출한 시럽을 졸여 만든 감미료 덩어리다. 대체로
초록색 죽 옆에는 잘게 부순 재거리가 놓여 있다.
사람들은 재거리를 씹으면서 죽을 먹는다.

뜨거운데도 다들 한입에 쭉 털어 마시고는 출근길을 재촉했다.

며칠 뒤, 초등학교 교장인 샨티 덕분에 다른 지역의 초록색 죽을 먹어 볼 수 있었다. 샨티가 나를 자기 고향에 데려가 줬기 때문이다. 스리랑카 정중앙 부근에 위치한 샨티의 고향에서 먹은 초록색 죽에는 씨껴자가 들어가 있었다. 할머니에게 배운 방식이라고 했다. 스리랑카 전통 요리를 잘하는 셰프가 있다고 해서 물어 물어 찾아간 적도 있다. 화려한 호텔에서 마음껏 고독을 즐기며 혼자 먹었던 죽은 지금까지 먹었던 것들 중 가장 고급스럽고 부드러웠다. 도대체 몇 번이나 체에 걸러 가며 만들었을까 싶었다. 마지막은 어느 초등학교를 찾았을 때 먹었는데, 보슬보슬한 곡물을 넣은 초록색 죽이었다. 조리사 할머니가 급식으로 만든 것이라 했다. 내가 먹은 초록색 죽은 다들 부드러우면서도 중독성이 있는 맛이었다. 누구라도 분명 좋아할 만한 그런 맛이었다.

## 초록 잎의 신선함이 가득, 콜라켄다

다시 돌아와 멧타 할머니에게 초록색 죽 이야기를 했더니 "아, 그거 콜라켄다네. 내일 만들어 줄게"라고 하셨다. 스리랑카 말로 죽을 '켄다'라고 하는데 '고투콜라'

라는 잎으로 만들었기 때문에 '콜라켄다'라고 한다는 거였다. 다음 날, 동네 시장을 찾은 우리는 초록색 이파리를 잔뜩 진열해 둔 가게로 향했다.

"이건 간장에 좋고, 이건 기억력에 좋고."

인도 전통 의학 아유르베다의 지혜가 살아 숨 쉬는 나라의 국민답게 할머니는 약초의 효능에도 빠삭했다. 할머니의 말에 따르면, 그날그날 몸 상태에 따라 약초를 조합해 넣고, 죽에 넣는 쌀도 붉은 쌀이든 흰 쌀이든 각자의 취향에 맞춰 조합한다고 했다.

콜라켄다의 레시피는 정말 간단하다. 냄비에 다진 마늘과 쌀, 물을 넣어 보글보글 끓여 죽을 만든다. 거기에 코코넛밀크를 넣고 조금 더 끓인다. 그리고 고투콜라 잎(맛이 강한 파드득나물이나 삼백초 같은 맛. 고추냉이 잎, 루콜라 등 다소 향이 짙은 채소를 섞어 넣어도 좋다) 한 움큼과 물 100밀리리터 정도를 믹서기에 넣

어 페스트 상태가 될 때까지 간 다음 체로 걸러 죽 냄비에 넣는다. 소금으로 간을 한 후 가볍게 끓어오르면 완성. 초록 잎의 신선함을 즐기려면 너무 오래 끓이지 않도록 주의해야 한다. 흑설탕과 비슷한 맛이 나는 재거리 사탕수수와 야자나무 수액을 증류해 만든 비정제 설탕 를 씹으며 먹는 것이 이곳만의 방식이다.

35

charm of the pot

# 냄비에 거는　　마법

마리아 로즈 할머니의
호박잼과 알레트리아

포르투, 포르투갈

로즈마리를 닮은 할머니

스페인 마드리드로 들어가 프랑스 파리에서 귀국하는 한 달짜리 오픈티켓을 끊고 여행을 떠나기로 했다. 이전부터 알고 지내던 군마 현의 한 전통여관 주인이 스페인을 여행한다기에 첫 열흘간을 통역가로 동행하기로 했다. 아름다운 외관과 훌륭한 음식으로 호평 받는 전통여관의 주인이자 미식가인 그는 스페인에서 '식재료 생산자 순례'에 나설 것이라 했다. 게다가 스페인은 내가 제일 좋아하는 나라 중 하나다. 따라가지 않을 이유가 없었다.

스페인 시골의 멋진 생산자들과 보낸 꿈같은 날들, 굉장히 화려한 식도락 여행으로 위가 쉴 새 없이 놀라는 나날, 열흘간의 여행은 순식간에 끝나고 말았다. 함께 여행하던 분들에게 이별을 고하고 혼자가 되었다. 그때 문득 어떤 책에서 읽었던 말이 떠올랐다. '포르투갈은 여성 셰프가 남성 셰프 수를 크게 웃도는, 세계적으로 드문 나라다.' 그래서 포르투갈 북부에 위치한 항구 도시 포르투로 날아가 보기로 했다.

처음 찾은 포르투는 어딘지 모르게 꾸물꾸물 흐린 것이 혼자가 된 내 마음과 똑같았다. 쨍하게 맑아 언제나 기분이 좋아지던 마드리드 하늘과는 완전히 달랐다. 약간 쓸쓸해졌다.

역사가 느껴지는 돌길, 귀여운 타일로 벽을 바른 집, 일부러 길을 잃고 헤매고 싶은 샛길, 그리고 무슨 연유인지는 모르겠으나 해외를 여행할 때면 가끔 발견하곤 하는 전선에 매달린 신발들, 그런 길을 걷다가 묵고 있는 집 여자아이가 가르쳐준 로컬 레스토랑에 도착했다. 조금 어두운 내부를 들여다보고 있으니 손님으로 보이는 할아버지가 들어오라며 손짓을 했다. 들어가 봤다.

동네 식당답게 일상의 향기가 풍기는 그곳에는 점심식사 중인 여자 손님 한 명과 조금 전의 할아버지뿐이었다. 메뉴를 읽어 봤다. 스페인어라면 할 수 있기 때문에 스페인어와 비슷하다고들 하는 포르투갈어도 괜찮지 않을까 싶었지만, 역시나 이해할 수 없었다. 그렇게 메뉴를 바라보고 있자니 건너편 자리에 있던 여자 손님이 말을 건넸다.

포르투에서 30분 정도 버스를 타고 작은 어촌
마을에 갔다. 포르투 거리에서 만난 여자아이가
할머니가 많이 산다고 추천한 곳이었는데,
도착해 보니 정말 할머니가 많았다! 점심이
되자 할머니들은 노상에서 생선을 손질해 굽기
시작했다. 팔기 위해서가 아니라 자신들이 먹기
위해서였다. 비가 많은 지역이라 할머니들은
햇살이 좋으면 색색의 앞치마를 두르고 기분
좋게 해바라기를 했다. 그 자유로운 모습이 연신
내 마음을 사로잡았다.

"혼자니? 여기서 같이 먹지 않을래?"

기쁘게 자리를 옮겼다.

"나도 여기 이사 온 지 얼마 안 됐어. 브라질에서 왔거든. 이 집 음식 진짜 맛있어서 일주일에 두 번은 먹으러 와."

그는 생긋 웃으며 추천 메뉴를 가르쳐 줬다. 요리에 맞춰 주문한 비뉴 베르드는 '초록 와인'이라는 뜻으로, 완숙되기 전의 포도로 만든 포르투갈 특산 와인이다. 톡톡 터지는 목 넘김이 재미있어서 대낮부터 마시고 싶어지는 맛이었다.

점심을 먹으며 수다를 떨다가 내가 물었다.

"요리 잘하는 할머니를 찾고 있는데, 혹시 알고 있니?"

"아, 그래? 이 가게에 자주 오는 할머니가 계신데, 오늘은 안 오시려나?"

"정말? 몇 시 정도면 오시는데?"

내가 흥미로워하며 덤비니 가게 안쪽에서 셰프처럼 보이는 남자가 나와서 말했다.

"아아, 우리 엄마 말하는 거구나? 나중에 온다고 했어. 기다릴래?"

어찌 이런 행운이. 물론 내게 이후 일정은 없었기 때문에 기다리기로 했다.

**30분** 정도 기다렸을까. 가게 문을 딸깍 열고 빛나는 금발 머리의 할머니가 등장했다. 오사카 어딘가에서 만날 수 있을 것 같은 개성 넘치는 할머니였다. 이름은 마리아 로즈. 로즈마리를 의미하는 귀여운 이름이었다.


오른쪽 방향으로 젓는 호박잼

할머니는 가게에 들어오자마자 우리 쪽을 향해 생긋 웃었다. 귀여운 인상이었지만 눈 깊은 곳에 사람을 압도하는 묵직한 힘이 있었다. 순식간에 할머니를 향한 호기심이 끓어올랐다. 곧바로 주방으로 들어간 할머니는 내가 점심으로 정말 맛있게 먹었던 구운 오리고기 밥 각종 향신료 육수로 밥을 지은 후 오리고기와 밥을 층층이 담아 오븐에 구워 낸 포르투갈 요리 을 한입 맛보고는 아들에게 뭔가 주문을 하는 듯했다. 아들은 나를 보고 겸연쩍게 웃었다. 활기찬 할머니를 발견하면 그냥 보고만 있어도 얼마나 즐거운지 모른다.

그러던 중 할머니에 할아버지까지 붙어서 서걱서걱 호박을 썰기 시작했다. 아들을 향해 할머니가 말했다.

"잼 만든다!"

사용하는 호박은 표주박 모양의 땅콩호박이었다. 수분이 많아 산뜻한 맛의 호박으로 일본식 조림에는 어울리지 않는다. 한번은 이걸로 호박 조림을 만들려고 한 적이 있는데, 냄비 뚜껑을 열었더니 형태가 전부 사라져 생전 처음 보는 일본 요리를 완성하고 말았다.

호박을 자르는 둘의 모습을 바라보던 아들은 쓴웃음을 지었다.

"손 놀리는 게 저렇게 위험하니 도무지 보고 있을 수가 없어. 위험하니까 주방에는 더 이상 들어오지 말아 달라고 말했는데, 그런데도 자기 방식이 맞다면서 말참견을 한다니까. 그래서 항상 주방이 전쟁터야."

할머니는 아들의 말에도 개의치 않는 듯, 자른 호박에 설탕을 듬뿍 뿌려 부글부글 끓였다.

"비법이 있나요?"

내 질문에 할머니는 '이게 진짜 중요하다'는 듯 진지한 얼굴로 말했다.

"잼을 휘젓는 속도와 횟수로 맛이 바뀌지!"

그러나 곧장 다음 순간에는 "만드는 데 시간이 걸려. 가끔 좀 저어 주고 있어"라며 나를 주방에 남겨 두고 할아버지와 보드게임을 시작했다.

'도대체 어떤 속도로, 어느 정도 저어야 되는 거냐고?'

덜컥 맛을 결정짓는 포인트를 맡게 돼서 초조한 나와 달리 할머니는 조금도 신경 쓰는 기색이 없었다. 조금씩 잼을 휘저으며 힐끔힐끔 할머니 모습을 엿봤다. 드디어 보드게임이 일단락된 모양이었다. 다시 내 곁으로 온 할머니가 이렇게 강조했다.

"잼을 만들 땐 말이지, 반드시 오른쪽으로만 계속 저어야 해. 왼쪽으로 저으면 묽은 잼이 되거든. 그래서 오른쪽으로 젓는 거야."

조금 전까지만 해도 냄비는 내버려 두고 게임에 전념했던 할머니였지만 묘하게 설득력이 있었다. 할머니의 입에서 나오는 이런 주술 같은 말은 과학적 근거가 어떻든 간에 위력이 있다. 앞으로는 나도 잼을 만들 때 반드시 오른쪽으로만 저어서 만들어야겠다. 오랜 경험 위에 차곡차곡 쌓인 '자기만의 규칙'은 어딘지 모르게 멋있으니까.

오른쪽으로 저어 퓨레 상태로 으깨진 잼을 한 김 식힌 후 견과류를 담뿍 넣으

조금 찰기가 있고 묵직한 질감의 호박잼이기 때문에 스콘 같은
음식보다는 치즈 등 소금기 있는 산뜻한 식재료와 궁합이 좋을 것 같다.

면 완성. 호박의 묵직한 단맛에 견과류의 식감이 더해져 정말 좋은 균형을 이룬 잼
이었다. 한 번에 호박 4킬로그램을 썰어 만드는데 신선한 양젖 치즈 위에 올려 가
게의 디저트로 내면 1~2주일 만에 금세 없어진다.

### 파스타로 만든 디저트, 알레트리아

'별의 산맥'이라는 이름이 붙은 에스트렐라 산맥을 넘어, 눈이 맞아 도망치듯 포르
투에 왔다는 할머니와 할아버지. 옛날부터 아는 사이였냐고 물으니 '교회 가는 길
에 만났다'며 흐뭇한 얼굴로 할아버지가 대답했다.

"내가 마을에서 제일 인기가 많았거든. 그래서 우리가 사귀기 시작했을 때 다
들 할아버지를 질투했었지."

할아버지 옆에서 할머니가 윙크하며 덧붙였다. 그 뒤로도 할머니는 자신이 얼

43

마나 귀여웠는지 계속 이야기했고, 옆에서 듣고 있던 아들은 '80퍼센트는 허풍 섞인 말'이라며 한마디했다. 누가 뭐라건 여전히 유효한 할머니의 옛날이야기는 유쾌하고 귀엽고 듣는 이를 행복하게 만든다.

그리고 할머니에게 배운 요리가 또 하나 있다. 포르투갈에서 크리스마스에 만든나는 파스타 디저트 알레트리아였다.

마리아 할머니는 물에 레몬 껍질과 시나몬스틱, 설탕을 넣어 불에 올렸다. 냄비가 보글보글 끓기 시작하면 제일 가느다란 파스타 면을 잘게 부수어 넣고 5분 정도 삶는다.

"5분이야. 5분! 너무 많이 삶으면 맛이 없으니까!"

할머니는 그렇게 강조했지만 시간을 정확히 맞추기에는 너무나도 느릿느릿 움직였다. 3분 정도 지난 다음 '모자랄지도 모르겠다'며 파스타를 조금 더 넣었고 다

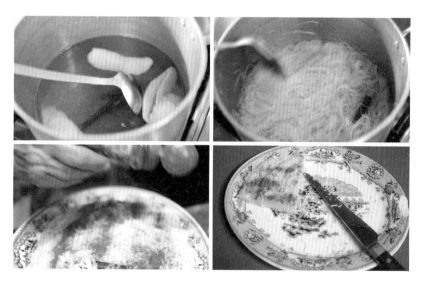

파스타나 쌀로 디저트를 만든다고 하면 어쩐지 이상한 느낌이 든다. 아마도 '주식'이라는 이미지가 너무 강해서일 것이다. 하긴 쌀푸딩도 적잖이 충격이긴 했다.

시 또 5분 이상이 흘렀다. 할머니의 시간은 종종 우리의 시간 개념을 가볍게 뛰어넘기도 한다. 우유에 삶는 것이 보통의 레시피 같았지만 할머니는 우유를 쓰지 않았다. 삶은 파스타를 접시에 덜고 식힌 다음 시나몬 파우더를 뿌려서 먹는데, 보통은 완전히 식혀서 먹지만 약간 따뜻할 때 먹어도 맛있었다. 파스타라고 생각하지 않고 먹으니 맛은 꽤나 괜찮았다. 식어서 굳은 것을 케이크를 자르듯 칼로 네모나게 잘라 먹으면 식감이 탱글탱글해서 파스타라는 사실을 잊을 만큼 재밌는 맛이 났다.

에스트렐라 산맥에 살던 어린 시절, 할머니 부부는 가난으로 힘든 시기를 보냈다. 형제 중 몇몇은 어려서부터 일을 해야만 했던 시대. 크리스마스에 나오던 이 디저트가 얼마나 매력적이었던지 아이들은 기뻐서 어쩔 줄 몰라 했다고 말씀하셨다. 그렇구나. 아마도 알레트리아는 돈이 없어도 즐길 수 있었던, 아이 가진 엄마들의 든든한 친구 같은 메뉴였을 거다.

45

# 여행지는 직감으로

어떻게 여행지를 고르냐는 질문을 자주 받는다. 솔직히 말해 대단한 이유나
동기가 있었던 적은 없다. 그곳에 아는 사람이 있어서, 맛있는 게 있을 것 같아서,
맛있는 게 있다는 소문을 들어서, 이유란 게 대체로 이 정도다. 말하자면 직감으로
결정하고 있을 뿐이다. 내가 여행을 하는 진짜 이유는 세상에 흘러넘치는 인스턴트
정보나 그 영향만으로 세계의 이미지를 그리는 것이 아니라, 내 눈으로 보고
느끼며 체득한 '나만의 표현을 담은 보물 상자'를 늘려가기 위해서다.
여행을 할 때 주의하는 것은 두 가지다. 기성관념의 필터를 걷어 버리는 것.
그리고 죽지 않는 것. 일본만큼 치안이 좋은 나라는 정말 흔치 않다. 지난 여행을
되짚어 보다 뒤늦게 심장이 오그라드는 경우도 있다. 아마 지금이라면 걷지 않았을
위험한 거리를 활보하고 다녔기 때문이다. 그러나 안테나를 잔뜩 세워 온몸으로 그
땅을 느껴 보는 것, 거리 사람들이 어떤 복장을 하고 어떤 것에 신경 쓰며 걷는지
관찰하는 것은 앞으로 내가 그 거리를 어떤 식으로 돌아봐야 하는지 참고가 된다.
대부분의 경우 비행기 티켓은 왕복으로 끊는다. 귀국 티켓이 없으면 입국이
불가능한 나라도 있기 때문이다. 대략 날짜를 추측하고 오픈 티켓을 끊어 두는
경우가 많다. 또한 미리 계획을 세워 두는 것은 처음 이틀뿐이다. 현지에서 우연히
만난 사람과의 인연에 언제든 몸을 맡길 수 있도록 공백을 확보해 둔다. 그 땅의
분위기를 얼추 파악하고, 다음 여행지나 숙소를 찾는 데는 이틀이면 충분하다. 첫
이틀 동안 머물 곳을 선택할 때에는 가능한 그 지역에서 오래 살고 있는 사람의
집으로 고른다. 그 지역을 잘 알고 있으며 발이 넓을 것 같은 사람을 고르는데,
그런 사람을 찾아내는 직감에는 꽤 자신이 있다. 그리고 그 직감이 적중했다면
충실한 여행은 이미 시작된 거나 마찬가지다.

열아홉 무렵, 처음으로 혼자서 여행을 떠났다. 그리고 정신을 차려 보니 그때 이후로 서른다섯 곳 넘는 나라를 돌아다녔다. 여행지에서도 평소와 다를 바 없는 복장으로 길을 다닌다. 그래야 현지에 녹아들 수 있고, 문제에 휘말릴 확률도 낮아진다.

# 돈의 행방

'어떻게 이렇게 여행만 하고 살 수 있느냐'고 신기해 하는 사람도 많을 거다. 하고
싶은 일이 있는데 못 할 것 같다는 생각이 들 때, 그 이유가 단지 돈 때문이라면
나는 어떻게든 해 보고 있다. 도쿄에 살아도 돈은 든다. 그렇다면 어디에 있든
마찬가지 아닌가.

최근 들어서야 비로소 여행을 일로 연결할 수 있게 됐다. 여행이 지금 하는 일이나
다음 일의 양분이 된다는 것도 잘 알고 있지만 처음에는 그 모든 걸 내 돈을 들여
했다. 당연한 얘기겠지만 말이다.

항공권은 여행사 상품 중 조건이 좋은 것을 고르는 정도이니 특별하지도
않지만 숙박비 면에서는 꽤나 요모조모 잘하고 있다고 생각한다. 예를 들면
게스트하우스에서 일을 돕는 대신 숙박비를 내지 않는다든지, '소파도 괜찮다면
공짜로 잠을 재워 주겠다'는 '카우치 서핑' 커뮤니티를 활용한다든지 하는 식으로
말이다. 세계 각국의 방을 빌릴 수 있는 '에어비앤비' 사이트를 이용하는 것도
한 방법이다. 도쿄에서는 집 없는 길고양이마냥 집세가 들지 않는 생활을 하기도

스페인에서는 알폰소 부부의 편안한 집에 머물며 '지속 가능한 삶'을 체험했다. 알폰소 부부는 부르
고스 외곽에서 유기농 염소젖 치즈 '산타가데아'를 만들면서 산다.

했고, 친구들과 함께 큰 집을 빌려 에어비앤비 호스트로 등록해 월세 지출을 줄이며 살기도 했다.

그런 내가 교통비나 식비가 아님에도 과감하게 돈을 쓰는 것이 있다. 그 지역에서밖에 살 수 없는 것을 쇼핑할 때와 일본이나 방콕으로 친구들이 나를 찾아왔을 때다. 밥을 사 주거나 집에 묵게 하는 등 나름 신경 쓰는데, 여행지에서는 내가 그들에게 신세를 지는 경우가 많았기 때문이다. 참고로, 숙박에서는 돈의 개입 여부에 따라 소통에 차이가 있기도 하다. 예를 들어 돈이 중간에 끼어들지 않는 카우치 서핑의 경우, 좀 더 깊은 소통을 기대할 수 있다. 다른 나라의 문화에 대한 호기심, 인간 간의 연결이라는 측면이 그들이 자신의 집을 내어 주는 동기이기 때문이다. 나는 카우치 서핑으로 만난 세계 각국 친구들과 여전히 교류하며 지낸다. 물론 에어비앤비에서도 그런 경우가 있지만, 아무래도 돈을 주고받는 행위가 있다 보면 서로 간에 선을 긋게 되는 요소가 늘어나기 마련이다. 아무튼 카우치 서핑이든 에어비앤비든 집을 공유하는 서비스를 이용할 때에는 프로필에 '요리를 좋아한다'고 적어 둔 호스트를 찾아내려고 한다. 내게 있어서는 그것이 값으로 매길 수 없는 우정을 쌓는 길의 출발점이기 때문이다.

여행을 보다 즐겁게 만들어 줄 각종 루트와 서비스는 지금도 계속해서 등장하고 있다. 발 빠르게 새로운 방법을 도입해 즐거운 여행의 가능성을 높여 가는 것도 중요하다. 앞으로도 유연한 자세로 여행을 즐길 생각이다.

프랑스 바니울스 쉬르 메르에 위치한 유기농 와이너리, 마뉘엘 포도 농장에 머물렀다. 포도를 따다가 식사 시간이 되면 식탁에 둘러앉았다. 시골의 생산자들과 보내는 시간도 내가 좋아하는 시간들이다.

chapter 2

# 양념 따라 변하는
# 삶의 맛

time to allay fears

# 두려움도 　　녹여내는 시간

게이코 할머니의
오세치 요리와 니시키타마고

요코하마, 일본

12월 29일. 다양한 일로 분주한 연말, 88세의 하라구치 게이코 할머니가 사는 요코하마를 방문했다. 할머니의 집에서는 매해 같은 날 여자 삼대가 모여 오세치 요리 정월이나 명절 때 만드는 특별 요리 를 준비한다.

"1년에 한 번, 정말 손이 많이 가고 힘들기는 해도 오세치 요리 준비는 늘 즐거워. 혼자서는 도저히 못 하기 때문에, 여자 몇 명이라도 모여서 하는 게 최선이지만 말이야."

게이코 할머니는 건축가 아버지와 화가 어머니 사이에서 태어났다. 전쟁 전부터 서양옷을 입고 실내화를 신었다고 했다. 다다미 없는 유럽 스타일 집에서 살았고 집안 분위기도 자유로웠다.

"어머니가 자신 있게 만들던 요리도 스튜나 샐러드 같은 거였어. 크로켓도 감자가 아니라 크림이 든 크로켓을 자주 만드셨지."

이야기하며 그때가 그리운 듯 웃었다.

할머니는 전쟁이 끝나고 집으로 돌아온 하라구치 씨네 아들과 결혼했다. 원래부터 두 집안은 서로 알던 사이였다. 부모와 숙부 등 집안 어른들이 대화를 주고받곤 둘의 결혼을 결정했다고 한다.

"원래 알던 사이였으니 우리도 서로 결혼한다는 데 위화감은 없었어. 하지만 남편 집안이 지독히도 전통을 따르는 분위기여서 생각의 차이로 정말 고생이 많았지. 사물에 대한 관점 자체가 완전히 달랐으니까. 하지만 어떻게든 지금까지 잘해 왔어. 몇 번이나 울긴 했어도 말이야."

게이코 할머니는 아흔을 코앞에 둔 지금도 수채화를 배우기 시작하는 등 새로운 것에 늘 도전하는 사람이다. '예전부터 도전 정신이 왕성했던 것이냐'는 질문에 다정한 목소리로 이렇게 말했다.

"전쟁을 겪었기 때문이 아닐까? 살아 있는 한 뭐든 즐겁게 해야 한다고 생각하거든. 그저 무료하게 멍하니 있는 건 한심한 노릇이니까. 무슨 일이 있다고 무너지기는 싫어. 극복해 내겠노라고 애쓰고 채찍질하는 게 아니라, 자연스레 한 발 한

"설날 밤에는 많으면 스무 명 정도 모여. 로스트 비프와 로스트 치킨, 훈제 연어가 메인인 요리를 준비하지. 일본 음식이 먹고 싶다는 사람한테는 니시키타마고나 조림 같은 걸 내 주고." 과연 신여성의 집이라 할 만하다.

밭 그렇게 걸어가면 되는 거지."

　　도쿄에 공습이 쏟아지던 시절, 게이코 할머니는 10대 후반의 나이였다.

　　"집 주변이 전부 불타 버리고 말았지. 어느 날 하늘을 보는데 B-29가 우리 집 바로 위에 소이탄을 떨어뜨리고 가는 거야. 가슴이 철렁했지. 하지만 바람에 폭탄이 흩어지면서 폭약은 떨어져 나가고 무거운 철제 동체만 정원에 떨어졌어. 그래서 기적처럼 우리 집은 무사할 수 있었지. 그런데 말야, 우리가 뭘 했는지 아니?

그 동체를 분해해 프라이팬을 만들었단다! 정원에 화덕을 만들어 그걸로 볶음 요리든 뭐든 만들어서는 '아이구 고소하다' 그러면서 먹었어."

할머니는 '우후후후' 하고 어깨를 들썩이며 웃었다. 너무나도 나긋하게 말했기 때문에 그 내용을 이해하는 데 몇 초 정도 생각할 시간이 필요했다. 맙소사, 공습 한가운데에서 슬퍼하거나 망연자실하는 게 아니라, 떨어진 폭탄으로 프라이팬을 만들다니, 게다가 참 고소했다고 농까지 부리는 여유라니! 이 얼마나 강력한 정신 세계란 말인가. 할머니가 너무 멋져서 가슴까지 두근거렸다.

대에서 대를 잇는 요리, 니시키타마고

오세치 요리는 결혼 뒤 시어머니에게 배웠다고 한다. 하라구치 집안의 오세치 요리에는 대체로 **구리킨톤** 달콤하게 조린 밤을 으깬 고구마나 강낭콩으로 감싼 경단, **구로마메** 달게 조린 검은 콩,

잔멸치 볶음, 고모치콘부 청어알을 붙인 다시마, 홍백 홍은 당근, 백은 무 초절임과 조림, 야쓰가시라 덩어리가 뭉쳐 자라는 토란의 한 품종, 닭고기로 만든 쓰쿠네 부드럽게 간 고기를 둥글게 빚어 구운 것, 국화순무 순무에 섬세한 칼집을 넣어 국화꽃 모양으로 만든 초절임, 다타키고보 우엉을 두드려 부드럽게 만든 후 물에 소금, 설탕, 식초를 넣고 삶은 다음 깨소금을 듬뿍 묻힌 요리, 그리고 니시키타마고 삶은 계란의 흰자와 노른자를 따로 으깨 체에 거른 뒤 설탕과 소금으로 산하고 모양을 잡아 찐 음식 가 들어간다.

"이 니시키타마고가 우리 시어머니의 간판 요리였지."

그러나 이제는 게이코 할머니가 니시키타마고를 담당하고 있다. 우선 계란을 삶은 뒤 흰자와 노른자를 따로 나눈다. 그리고 잘게 부수어 촉촉해질 때까지 설탕을 넣는다.

"아, 맞다, 소금. 소금을 정말 딱 한 꼬집 넣어 줘야 한단다. 그걸 넣어 줘야만 흐릿하던 맛이 야무지게 제대로 잡히거든."

그렇게 말하며 할머니는 펼친 랩 위에 노른자를 먼저 깔았다. 그리고 그 위에 흰자를 올려 돌돌 말았다.

"옛날에는 연말이면 늘 장지문을 새로 바르고는 했지. 그래서 문종이가 늘 집에 있어서, 랩이 없던 시절에는 그 종이로 니시키타마고를 말았어."

그리고는 찜통에 넣어 15분 정도 찐 다음 한 김 식힌다. 너무 식기 전에 랩을 펼쳐 잘라 내면 완성.

"지금이야!"

마침 그때 부엌에서는 딸과 손녀가 조리 시간을 맞춰 가며 잔멸치 볶음을 만드는 중이었다. 그걸 곁눈으로 보던 할머니가 말했다.

"같은 분량, 같은 방식으로 만드는데 이상하게도 매년 맛이 달라. 재밌지 않니? '올해는 이게 제일 맛있었다' 이야기하는 것도 서로에게 자극이 되고. 긴장감 넘치지."

할머니는 정말로 즐거운 듯 초승달 눈으로 웃었다. 가족이라 해도 좀처럼 모일 기회가 나지 않는 요즘, 여전히 할머니 댁에서는 매해 12월 29일 여자들이 모여 오세치 요리를 만든다. 그것이 하라구치 집안에서 줄곧 이어져 온 가풍이다.

"바보 같다고 생각할지도 모르겠지만, 해가 넘어가는 시기에 딱 하루, 여자들끼리 부엌에 모여 북적거리며 정월을 맞이하는 게 나는 얼마나 즐거운지 몰라. 하지만 앞으로는 말이지, 모두가 만들고 싶다고 생각하면 만들고, 싫으면 그만두면 되는 거야. 시대는 거스르는 게 아니고, 나는 강요하는 게 싫으니까. 내가 죽은 뒤에도 다들 사이좋게 지내 준다면 그냥 그걸로 충분해. 특별히 뭔가 계승해 주길 바라는 생각도 없고 말이지."

할머니들은 곁에서 그 모습을 기록하는 일, 즉 '할머니 레코딩'을 좀처럼 허락하지 않는 경향이 있다. 겨우 할머니 레코딩을 허락 받았다고 해도 나중에 가서는 자기 이야기를 공개하지 말아 달라고 부탁하고는 한다. 전쟁 중의 이야기나 가난에 관한 것이 다음 세대에 알려지기를 눈곱만큼도 원하지 않는다면, 당연히 존중해야 한다. 그걸 쓰고 싶다는 건 내 욕심에 불과하니까. 그렇게 몇 번이나 고민을 거듭한 이야기는 공식 지면이 아닌 개인의 기록으로만 남겨 둔다.

집착이 없고 단순명쾌한 할머니들. 나는 할머니들의 그런 부분을 좋아하면서도 이렇게나 두근거리는 이야기, 힘찬 인생 이야기를 만나면 어떻게 해서든 전하고 싶어져서 마음이 복잡해진다.

beauty of tradition

전통의                    아름다움

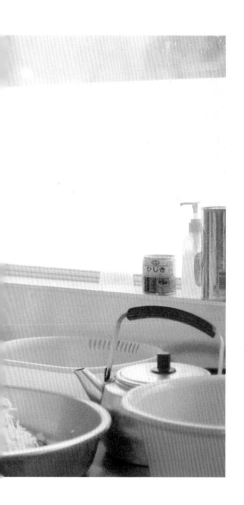

사에코 할머니의
청어 식해

이토시로, 일본

'이 지역 채소와 과일은 엄혹한 대지에서 자란 것이어서 그런지 그 맛이 더욱 각별하다.'

기후 현 이토시로의 농작물에 대한 주변 셰프들의 평가를 들으며 예전부터 이곳이 궁금했다. 그러던 중 때마침 이토시로에 살고 있는, 이름 안에도 이토시로가 들어가는 이토시로 사에코 할머니를 소개 받아 한번 만나 보기로 했다.

후쿠이 현과 기후 현의 경계에 위치한 이토시로는 270명 정도의 주민이 모여 사는 마을이다. 봉우리를 넘고 넘어, 겨울에는 봅슬레이 코스처럼 높게 치솟은 눈벽 사이를 빠져나가야 도착할 수 있는 곳이다. 쨍하게 맑은 공기와 등줄기를 오싹하게 만드는 추위. 눈이 많은 계절에 찾았기 때문일까, 일찍이 경험하지 못했던 신성한 장소에 도착했다는 느낌마저 들었다. 그도 그럴 것이 하쿠산 이시카와 현과 기후 현 경계에 있는 휴화산. 일본 삼대 명산 중 하나로 예로부터 영산이라 하여 찾는 이가 많았다 은 동서남북 모든 곳의 수원이며 메이지 시대 1868~1912 이전부터 '하쿠산 신앙 고대로부터 하쿠산에는 산 그 자체를 신의 몸이라 여긴 산악 신앙이 뿌리내려 있었다. 하쿠산을 수원으로 하는 주변 지역 사람들은 하쿠산을 물의 신, 농업의 신으로 추앙했다'이 자

59

리 잡고 있는 곳이기 때문이다. 그리고 그 산기슭에 위치한 이 마을에 하쿠산쥬쿄 신사가 자리 잡고 있다. 신불 분리 정책이 일어난 이후, 주변 일고여덟 곳의 신사만이 신도 <sup>자연과 신을 하나로 본 일본의 토속 신앙</sup> 를 행하는 장소로 남았다. 그중 하나가 이토시로 씨의 신사였다. 1890년에 지어진 이래로 하쿠산 신앙 시대의 전통을 그대로 잇고 있는 이 신사에 사에코 할머니가 시집온 것이다.

이 지역 사투리인지는 몰라도, '라'를 말할 때 혀를 굴린 r 발음으로 이야기하는 것이 인상 깊었다. 어딘가 외국에 와 있는 느낌이 들었다. 그런 발음으로 사에코 할머니는 이런 이야기를 들려주기 시작했다.

"불교 집안에서 자랐지만 이 집에 시집와 신도를 믿게 됐지. 생활 방식도 달랐지만, 부처님에게 절하는 것과 가미사마 <sup>신도에서 모시는 신. 신도에서는 삼라만상 모든 것에 신이 깃들어 있다고 믿는다</sup> 에게 절하는 것은 어딘가 다른 느낌이 들었어. 가미사마 쪽이 더 단순한 마음이 든다고 할까."

### 풍습 속의 아름다움

"정월에는 신들과 대흑천 <sup>칠복신의 하나</sup>, 혼령들, 문신 <sup>문을 지키는 신</sup> 에게 제를 올리는데, 딱 정해진 순서가 있고 행동 하나하나가 중요하지. 불교는 신앙심만 갖고 있다면 어떻게 불공을 드리든 통하는 느낌이지만, 신도는 관례나 관습 같은 것을 중요시 해. 신도에는 설교라는 것이 없고, 자신의 생각과 행동을 스스로 자각해야만 하는 종교야. 신도를 모신 지 61년쯤 지나고 나서야, 가미사마 앞에 내 모습을 자연스럽게 드러낼 수 있게 되었어. 그게 참 좋다는 생각을 하게 됐지."

12월 31일부터 1월 3일까지는 신전, 대흑천, 혼령들, 문신 앞에 각각의 공양물을 올린다. 아침과 저녁, 정해진 장소에 떡이나 흰밥, 마른 멸치, 두부 등을 올리는데, 갓 만들어 신선한 상태로 공양하고 제를 올리는 것이 이 신사의 관례다.

정월에는 아침, 점심, 저녁 세 번 제식을 올린다. 그래서 며칠은 계속해서 바쁘다.

"정월에 남편과 둘만 있어도 외롭지 않아. 정월 내내 내가 해야 할 역할이 있으니까."

그렇게 말하며 사에코 할머니는 미소를 보였다. 할머니의 이야기를 듣다 보니 신앙이라는 것과 이 땅에서의 생활은 분리할 수 없다는 사실이 자연스레 가슴 속에 파고들었다. 그다지 신앙심이 없는 나인데도 말이다.

최근 들어 나는 길고양이 생활을 청산했다. 친구들을 초대할 수 있는 '열린 집'을 마련했고 남자친구도 생겼다. 그래서 그런지 할머니 부부가 만난 계기가 문득 궁금해졌다.

"예전 일이지만, 남편에게 반한 여자들이 정말 많았어. 말하자면 내 쪽에서 매달려서 결혼한 셈이지."

　할머니가 그렇게 말하기에 할아버지를 보니 "내가 꽤나 인기가 많았지"라며 웃으셨다.

　"하지만 결혼해서 가정을 꾸려야겠다고 생각하니 연애와는 마음가짐이 달라지더라고. 함께 산다는 것이 중심이 되니까."

　할머니는 말을 이었다.

　"나는 스스로 인생을 개척해 가는 성격은 아니야. 말하자면 의존형이지. 그 대신 한번 정한 것은 충실히 이어 나갈 수 있어. 괴로움도 잘 견뎌 내는 성격이고."

　의존형도 아니고 결혼해 가정을 꾸리는 것에도 전혀 흥미가 없는 나는 결혼이란 힘든 일이겠다는 생각을 하면서 할머니의 이야기를 들었다.

　"부모님이나 시어머니께 이어받은 정신이 내게는 참 소중해. 다음 세대에도 물려주고 싶을 정도야. 하지만 그게 쉽지만은 않아. 생활 속에 뿌리내리고 있지만 바깥에서 보면 종교가 없는 것처럼 보이는 게 신도니까."

우리 세대는 신앙이나 관습으로부터 자유로워졌고 모든 것이 가벼워졌다. 하지만 도대체 우리가 추구하는 것은 무엇일까? 저 앞에 무엇이 있을까? 그런 생각을 해 보지 않을 수 없었다. 관습이나 눈에 보이지 않는 것을 믿는 마음, 그리고 그 마음에서 생겨나는 무어라 말할 수 없는 아름다움이 어딘지 모르게 굉장히 신선하게 나가왔다.

## 세월 따라 익어 가는 청어 식해

이토시로 음식은 절인 저장음식과 국물요리가 기본이다. 사에코 할머니에게 설명을 듣다 보니 그 단순한 것만으로도 꽤나 입맛이 돌았다.

집마다 맛이 다르다고 하는 청어 식해. 산을 아주 조금만 내려도 발효 진행 과정에 변화가 생겨 맛있게 완성하기 어렵다고 한다. 참고로, 추운 겨울 난방 기구 고타쓰에서 따뜻하게 몸을 녹이며 화로나 전기 프라이팬에 살짝 구워 먹으면 전통주가 술술 넘어간다.

"절임은 이로리 마루의 일부를 네모나게 잘라 내고 재를 깔아 만든 일본 전통 난방장치. 간단한 취사도 가능하다 의 뜨거운 숯 위에 후박나무 잎을 깔고 구워 먹지. 가을에 순무와 무를 절여 저장해 두는데 순무 절임은 3월까지 먹어. 4월 3일 명절 무렵 순무 절임을 다 먹으면 무 절임으로 선수 교체. 그때쯤 딱 맞게 맛이 들거든. 작은 감자 같은 것도 껍질째로 절임 국물에 삶아 먹어. 아그작 소리가 날 정도로 딱딱한데도 맛은 잘 배지. 절임 국물이어야 해. 소금을 넣어 삶으면 그렇게 안 되지. 그 맛이 잊히지가 않아. 얼마나 맛있는지 몰라."

내가 할머니를 찾아간 날은 12월 10일이었다. 정월에 먹을 청어 식해 만드는 법을 보기 위해서였다.

"바다가 없는 이 지역에도 청어만은 예전부터 있었어. 그럼에도 청어 식해는 특별한 음식이었지."

그런 말과 함께 곧바로 요리를 시작했다. 무 다섯 개와 당근 두 개를 채 썰어 소금을 뿌려 절인 후 무거운 돌을 올려 물기를 짠다. 소금은 손대중으로 넣지만 대체로 세 주먹 정도. 한 되 분량의 쌀로 고두밥을 지어 식힌다. 거기에 누룩 한 되를 부숴 섞는다.

"옛날에는 누룩을 아껴 넣었기 때문에 시큼한 맛이 강했어. 쌀과 동량의 누룩을 넣으면 달고 맛있는 식해가 완성돼."

말린 청어 1킬로그램을 한입 크기로 썰고 뜨거운 물에 1~2분 담가 남은 지방을 씻어 낸다. 청어의 물기를 털고 모든 재료를 잘 섞어 절임통에 넣고 무거운 돌로 눌러 둔다. 엄청나게 추운 이토시로의 기온으로 한 달 정도 천천히 발효시키면 완성되는데, 불에 살짝 구워 설날 특별 음식으로 먹는다고 했다.

누룩의 단맛과 청어의 감칠맛이 입 속에 두둥실 퍼졌다. 전통주를 곁들이고 싶어지는 멋진 맛이었다. 여기가 아니면, 이 계절이 아니면 먹을 수 없는 청어 식해. 그 청어를 맛보면서 생전 처음, 오래된 좋은 것을 이어 가고 싶다는 생각이 내 속에서 피어났다.

a yearning for simplicity

소박한 삶을 　　　　　 꿈꾸다

미치코 할머니의
코스라에 수프

코스라에, 미크로네시아

## 푸른 바다의 미크로네시아

일본에서 미크로네시아 연방의 섬에 가려면 괌에서 '아일랜드 호퍼'라 불리는 비행기를 타고 네 개의 주 야프, 추크, 폰페이, 코스라에를 호핑(말하자면 각역 정차)하면서 목적지 섬으로 향해야 한다. 기내는 동네 버스라 착각할 정도로 아수라장이 있다. 다들 아무 좌석에나 앉아 있었고, 미국식 영어를 하는 승무원은 '오 마이 갓!'을 외치며 당혹스러워했다. 역시 내 좌석에도 당연하다는 듯 다른 사람이 앉아 있었다. 이미 그 좌석에서 먹고 마신 후이기도 했고 얽히고설킨 그 많은 사람들을 원래 자리로 되돌린다는 건 너무나도 복잡한 일이라 더 이상 손쓸 방도가 없어 보였다. 단념하고 비어 있는 자리에서 잠들었다가 문득 눈을 떴다. 그러자 휴양지로 손꼽히는 그 어떤 바다도 압도할 만한 투명한 바다가 내 눈 앞에 펼쳐졌다. 한없이 바라볼 수 있을 것 같은 아름다운 바다였다.

미크로네시아 연방은 스페인의 마젤란 일행이 발견했다. 1520년대의 일이다. 19세기 들어 포경이 활발해지자 갑자기 늘어난 포경선들이 미크로네시아의 섬에 들르기 시작했다. 그들이 출입하면서 섬 전역에 전염병과 성병이 만연했고, 특히 폰페이 인구의 절반가량이 새로운 병으로 죽었다. 그전까지 원주민들은 민간요법이나 섬의 자생 식물에 의지해 병을 치료하고 있었다. 그러나 선교사들이 들어와 서양의 약을 처방해 순식간에 병을 치료했고, 그것을 계기로 섬 전체에 빠른 속도로 천주교가 퍼져 나갔다. 그 후 독일이 이곳을 점령했고, 1914년 제1차 세계대전 중에 일본이 섬들을 점령했다. 일본이 패전을 맞이하기까지 통치는 계속됐고, 한때는 원주민 수보다 일본인 수가 더 많았던 적도 있었다. 그래서 '사토'라는 이름의 원주민이나 '내 절반은 일본인'이라고 말하는 전혀 일본인스럽지 않은 외모의 사람들과 많이 만나기도 했다.

코스라에 섬 끄트머리의 '와룽'은 교통수단이 배밖에 없고 아직까지 전기가 들어오지 않아 예전 생활이 그대로 남아 있는 곳이다. 와룽에서 먹었던 '모리키' 맛이 잊히지 않는다. 모리키는 빵나무 열매로 만든 와룽 전통 요리로 훈제 향과 함께 끈적끈적한 단맛이 깊은 풍미를 자아낸다.

위. 코스라에의 과일가게와 바나나가게.
아래. 폰페이 주의 외딴섬 누쿠오로에서 온 루스 할머니에게 요리를 배웠다. 타로토란과 바나나, 코코넛 시럽,
타피오카 파우더를 섞어 바나나 잎에 싸서 찐 전통 요리다.


    코스라에 섬에서 먹을 수 있는 '코스라에 수프'가 맛있다는 소문을 들은 나는
일주일 뒤, 폰페이의 거리를 걷고 있었다. 그 전까지 미크로네시아가 어디 있는지
도 몰랐으면서 말이다. 언제나 그렇듯, 여행의 시작에 대단한 계기 같은 건 없다.

### 수수께끼 의식과 장례식

왜인지 알 수 없지만 내겐 무언가를 끌어당기는 힘이 있는지도 모르겠다. 미크로
네시아에 도착한 첫날 밤에는 산 속에서 '환영 의식'을 치뤘다. 거기서 나는 흙탕
물로밖에는 보이지 않는 액체를 모두와 돌려 마셔야 했다. '사카우'라는 액체였다.
식물 뿌리를 돌로 통통통 악기처럼 두드린 다음, 물에 흠뻑 적신 하와이무궁화 나

70

무껍질로 감싸서 짜낸 액체다. 순나물 같은 질척한 느낌에 그다지 유쾌하지 않은 흙냄새가 풍겨 왔다. 입에 발린 말로도 맛있다고는 할 수 없는 맛이었다. 게다가 사카우는 왁자지껄하던 사람들의 말수를 점점 줄어들게 하더니 결국에는 모두의 입을 다물게 만들었다. 진정 작용이 있기 때문이다. 이렇게 쓰면 많은 사람들이 걱정할 것 같은데, 사실 이렇게 겁이 없는 나도 그때는 좀 무서웠다. 의식이 진행되던 도중에 살아 돌아갈 방법을 생각하려 애쓸 정도였으니 말이다. 하지만 다행히 거기 모인 이들은 다들 놀랄 만큼 좋은 사람들뿐이었다. 그 의식은 어디서도 경험할 수 없는 남다른 이벤트였고 지금도 꿈이었나 싶을 정도로 신기한 체험이었다.

　다음 날, 이번에는 장례식에 가자며 누가 잠을 깨웠다. '이런 식으로 모르는 사람 장례식에 초대받는 것도 신선한데?' 이런 생각을 하며 데리러 온 존의 차에

올라탔다. 존과는 그 전날 처음 만난 사이였다. 한 시간 정도 쉴 새 없이 달려 산속으로 진입했다. 꽤 많은 사람들이 보이기 시작했다. 미크로네시아에서는 보통 집에서 장례를 치르는데, 죽은 사람의 사회적 위치에 따라 그 규모가 달라진다. 기본은 장수할수록 사회적 위치가 높아지는 구조인데, 이번 장례식은 이 섬에서 매우 중요한 위치에 있던 나이 많은 여성의 장례라고 했다. 때문에 국왕과 부족장 같은 주요 인사를 시작으로 어마어마한 수의 군중이 몰려들었다. 장례식이라고는 하나 마치 야유회나 축제 같은 풍경이었다.

장례식은 나흘간 이어졌다. 내가 참가한 첫날에는 대량의 사카우, 참마, 돼지, 빵나무 열매가 장례식장으로 들어왔다. 큰 그릇에 담은 사카우를 돌려 마셨고 섬에서 모아 온 서른다섯 마리의 돼지를 그 자리에서 해체했다. 그리고 조리하지 않은 채로 각 가정에 배분했다. 여자들은 노래를 하거나 식사를 준비하거나 먹었고, 남자들은 돼지의 피와 진흙을 온몸에 묻힌 채 몸을 사리지 않고 움직였다. 이틀째는 가족끼리 조용하게 치르고 다음 날 다시 성대하게 치른다. 사흘째에는 생선 중심의 식자재가 대량으로 들어온다. 그런 까닭에 그날 섬에서 생선을 찾아볼 수 없었다. 레스토랑, 시장을 다 뒤져도 마찬가지였다. 그리고 마지막 날은 다시 가족끼리만 모여 장례를 마무리한다. 미크로네시아에서 장례식은 일생일대의 거대한 이벤트라 할 수 있다.

## 코스라에 섬에서 홈스테이

나흘간 머물렀던 폰페이 섬을 뒤로하고 코스라에 섬으로 향했다. 116제곱킬로미터 면적으로 일본의 쇼도시마보다도 작은 규모의 섬인지라 길도 하나밖에 없고 거주하는 사람도 적었다. 작년에 코스라에 섬을 찾은 관광객 수는 겨우 예순 명뿐이었다고 했다.

"그 전년도엔 마흔네 명이었어. 그 전전년도에는 열세 명이었고. 그러니 예순이면 엄청나게 대약진한 거지!"

뭐 이런 분위기였다. 그때서야 비로소 깨달았다. 아무래도 나는 대단히 희귀한 곳에 와 버린 모양이었다.

코스라에 관광청장을 맡고 있는 그랜드 씨 집에서 며칠 신세를 지기로 했다. 그리고 어쩌다 보니 '나카무라 유라는 일본인이 코스라에 수프를 배운다'는 것이 코스라에 관광청 공식 이벤트로 추진되고 있었다. 코스라에 섬에 매료되어 코스라에 타로라는 별명이 붙을 정도로 관광청에서 열정적으로 근무 중인 무라야마 다쓰로 씨 덕분이었다. 그랜드 씨의 어머니인 72세의 미치코 할머니가 섬에서 가장 맛있는 코스라에 수프를 만든다고 했다.

코스라에에는 폰페이보다 일본어 이름이나 명칭이 더 많이 남아 있는 모양이었다. 지금은 돌아가신 미치코 할머니의 남편 이름도 히로시였다. 집 바로 앞에 다이버들이 몰려드는 아름다운 바다가 있는데 지도에도 '히로시 포인트'라 써 있었다. 만조에는 파도가 약간 높지만 간조에는 잔잔하기 때문에 아이들은 그곳에서 낚시를 했다. 미끼도 없이 손으로 만든 낚싯줄만으로도 물고기를 잘 낚아 왔다. 와이파이는커녕 전화도 연결되지 않는 곳이었다. 달콤하고 끈끈한 열대 식물의 향기, 하늘에 흩뿌려진 무수한 별들. 파도소리, 새소리를 들으며 잠이 들었다가 닭의 우렁찬 소리에 눈을 떴다. 이렇게 자연에 몸을 맡기고 있자니 분수에 맞지도 않게 아웃도어 라이프가 좋아질 것 같아 곤란하기까지 했다.

코스라에서 제일 먼저 배운 요리는 '움'이라는 전통 요리였다. 돌을 달궈 재료를 굽듯이 쪄 내는데, 늘상 싱글벙글한 얼굴에 유머 감각이 뛰어난 그랜드 씨가 가르쳐 줬다. 정원의 야외 주방으로 나간 그는 일단 돌 위에 불부터 피웠다. 불길이 잦아들고 뜨거운 돌과 숯만 남으면 반으로 자른 빵나무 열매와 타로토란 줄기를 먼저 깔았다. 그리고 그 위에 알루미늄 호일로 싼 생선과 바나나를 올린 후 바나나 잎으로 전체를 완전히 뒤덮었다. 차분히 시간을 들여 찌듯이 구워 내면 끝.

주변이 어스름해질 무렵, 바나나 잎을 걷어 내는 걸 두근대는 심정으로 지켜봤다. 그런데 바나나가 약간 거무스름해진 것 말고는 거의 변화가 없어서 약간 실망했다. 좀 더 기다리기로 했다. 드디어 완성된 움을 맛보는 시간, 시간을 들여 만든 슬로 쿠킹의 맛은 역시나 달랐다. 빵나무 열매의 포동포동하고 매끄러운 식감과 버터 같은 감칠맛은 먹는 사람을 녹여 버릴 정도의 요염함을 감추고 있었다. 바나나도 단맛이 두드러지면서 손을 멈출 수가 없었고 생선은 오동통한 살에 육즙이 살아 있었다. 순식간에 다 먹어 버리고 곧장 자리를 털고 일어났는데 너무 금방 먹어치우게 되니 섭섭해질 정도로 그 여운이 계속해서 내 안에 남았다.

저녁 식사가 끝나자 그랜드 씨의 아내인 케네 씨가 우쿨렐레를 들고 왔다. 그리고는 미치코 할머니와 함께 들어본 적 없는 일본어 노래를 불러 줬다. 뭔가 응원가였던 걸까? '힘내라'는 노래 가사 때문에 부끄러울 정도로 몇 번씩이나 격려를 받고 있다는 느낌을 받았다.

대낮부터 시작해도 해 질 무렵에야 완성되는 '움'. 조리
시간이 너무 오래 걸리기 때문에 움을 만들어 먹는
사람이 줄어들고 있다고 한다. 잘 마른 풋코코넛 열매
껍질은 불 피울 때 요긴하게 쓰인다. 코코넛 잎을 엮어서
요리 바구니를 만든다.

이날 식사는 맹그로브 크랩과 '파파'라는 전통
요리. 그냥 보기에는 단순해 보이지만 파파는 사실
대단한 요리다. 선택 받은 집에서만 요리할 수
있고 오직 한 명의 자식에게만 레시피를 물려줄
수 있으며, 특별한 날에만 만들 수 있는 신성한
요리이기 때문이다.

소박한 삶을 꿈꾸다

아침, 닭 울음 소리에 눈을 떠 보니 빗자루질을 마친 미치코 할머니가 때마침 아침
식사 준비를 시작하고 있었다.

"바나나 덴푸라 일본식 튀김 를 만들 거야."

그렇게 말한 미치코 할머니는 아페트 푸수스라는 종류의 바나나에 밀가루 반
죽을 입혀 기름에 튀겼다. 미크로네시아에는 50종 이상의 다양한 바나나가 자란
다. 반죽은 밀가루, 설탕, 코코넛밀크와 물을 섞어서 만든다고 했다. 일본식 튀김

이라기보다는 이탈리아식 튀김인 프리토에 가까웠지만 바나나의 단맛이 강조되면서 어찌나 맛있던지! 점심에는 정원에서 수확한 파란 파파야를 넣고 간장과 설탕으로 맛을 낸 스키야키 <sup>일본식 전골요리</sup> 와 라임으로 절인 참치 사시미 등 '코스라에식 일본 퓨전 음식'이 식탁에 등장했다. 미치코 할머니는 정말이지 음식 솜씨가 좋았다.

　젊은 시절 할머니는 남편과 함께 다양한 나라를 방문했다. 남편인 히로시 씨가 부통령을 지낸 분이라고 했다. 여러 나라의 정부관계자와 만나 왔기 때문에 영어도 꽤나 능통했고 사고방식도 유연했다.

미사 시간이 되면 교회는 섬의 남녀노소로 가득 찬다. 나뭇잎 사이로 비쳐 들던 아름다운 햇살. 정적 속에 울려 퍼지던 여자들의 찬송가 소리. 미치코 할머니를 비롯해 코스라에 여자들이 부르던 찬송가 소리가 정말이지 듣기 좋았다. 열대지방 특유의 느낌과 함께 어딘지 모르게 아시아계의 친숙한 멜로디가 묻어 있었다.

"남편과 만난 지 4개월 만에 전격 결혼했지. 우후후."

그렇게 말하며 할머니는 매력 넘치는 미소를 지었다. 함께 있는 동안 할머니가 의자에 앉아 있는 걸 본 적이 거의 없었다. '일하는 게 정말 좋다'며 즐겁게 청소를 했다. 늘상 무언가 일을 했고, 가끔 앉아 있다 싶으면 성경책을 읽었다. 부지런한 미치코 할머니는 내게 '재패니즈 레이디'의 행동 양식을 본받고 싶다고 했다.

할머니는 공식 업무 자리에서 여러 나라의 여성들을 만나 왔다. 그중 일본인 여성들은 늘 단정하게 등을 곧추세우고 있었고, 깔끔했고, 남편을 존중했고, 접대 솜씨가 뛰어난 점이 인상 깊었다고 했다. '그런 소박한 정신을 배우고 싶다'는 할머니의 말을 듣는데 어쩐지 뜨끔했다. 외국에서 지내면 '조그만 일본인 여자애'라는 겉모습이 괜찮을 때도 있지만 불편할 때도 많다. 강제 데이트 신청이나 놀림을 경험하기도 했다. 특히나 미국과 스페인 유학 시절에는 기묘한 눈으로 쳐다보는

데 질려서 '조그만 일본인이라고 깔보지 마!' 같은 오기도 많이 부렸다. 일본인이라는 틀에 나를 집어넣는 그 보수적인 시선이 싫었다. 하지만 미치코 할머니와 만나면서 한 가지 사실을 깨달았다. 어쩌면 나는 일본인 여성의 고정관념에서 벗어나 자유를 갈망하기 이전에, '일본인답지 않다'는 형태를 만들어 스스로를 구속하고 있었던 건지도 몰랐다. 한 가지 확실한 건, 할머니 헌팅으로 만났던 일본 할머니들, 그리고 그 모습을 닮고 싶다는 미치코 할머니가 보수적이라는 느낌은 받지 못했다. 겉모습이나 국적 같은 것을 뛰어넘어, 훌륭한 인간으로서 존재하는 할머니들과의 만남으로 나는 깊이 깨달았다. '진짜 자유'나 '자아정체성' 같은 것은 반드시 다른 사람의 눈에 보이는 부분에 있는 것이 아니라는 사실을 말이다. '재패니즈 레이디'라고 하는 내 정체성과 화해하는 법을 미크로네시아에서 배우게 될 줄이야.

접시 째로 훌훌, 코스라에 수프

경건한 크리스천인 미치코 할머니는 매주 일요일마다 빠지지 않고 교회에 간다. 단순히 참석하는 데 그치는 게 아니라 교회를 떠받치는 중심 멤버 역할을 하고 있다. 모두의 앞에 서서 노래하는 성가대 활동도 하고 있기 때문이다. 일요일은 안식일이기 때문에 교회에 가는 것 이외에는 아무 일도 하지 않는다고 했다. 불을 피우는 것도 좋지 않다고 여기기 때문에 안식일에는 그 전날 준비해 둔 코스라에 수프를 먹는 것이 이 섬의 관례다. 코스라에 수프는 각 집마다 레시피와 맛이 전부 다르다. 그중에서 소개받은 것이 이 섬에서 가장 맛있다고들 하는 미치코 할머니의 코스라에 수프다.

일단 쌀을 씻어 불린다. 냄비에 물과 약간의 소금, 가다랑어를 넣고 끓인다. 할머니는 30센티미터 정도 되는 가다랑어를 크게 토막 내 넣었다. 육수가 끓는 동안 불린 쌀로 죽을 끓인다. 어느 정도 익었다 싶으면 양파를 넣고 다시 폭폭 끓인다. 가다랑어 육수와 잘 부서트린 생선 살을 쌀죽에 넣는다. 코코넛밀크를 짜 넣고 소금으로 간을 맞춘 뒤 조금 더 끓이면 코스라에 수프 완성.

코스라에 여자라면 다들 입는 교회용 드레스를 빌려 입고 미치코 할머니와 교회에 다녀왔다. 드디어 기다리고 기다리던 코스라에 수프의 시간이다.

"이렇게 먹는 게 전통이야."

미치코 할머니는 스푼을 사용하지 않고 접시째로 훌훌 수프를 마셨다. 나도 그대로 따라 마셨다. 정말로 부드러웠다. 일본에서도 흔히 쓰는 육수라 그런지 친숙한 느낌마저 들었다. 더할 나위 없는 맛이었다. 미치코 할머니와 있다 보니 이런 신앙과 문화 속에 사는 것도 나쁘지 않겠다는 생각이 들었다.

# 할머니를 찾아내는 방법

나는 할머니라면 누구든지 좋다. 하지만 만약 누군가 '당신이 특히 좋아하는 할머니가 있느냐'고 묻는다면 내 대답은 당연히 '예스'다. 아직까지 그런 질문을 받은 적은 없지만 말이다. 물론 내 취향의 할머니와 만난다는 게 그리 쉽지만은 않다. 하지만 최근 들어 그 성공률이 점점 높아지고 있는 것도 사실이니 이번 장에서는 그 요령을 소개해 볼까 한다. 물론 모든 사람이 나처럼 할머니를 만나고자 하는 것은 아닐 것이다. 그러나 이 요령은 꼭 할머니뿐만이 아니라 전 세계 어디서건 '만나고 싶은 사람'과 만나는 데 응용할 수 있는 방법이라고 생각한다.

**1. 신뢰하는 사람에게 물어보거나 말이 통하는 사람과 만난다.**
일단은 신뢰하는 사람에게 내 취향의 할머니를 알고 있는지 물어보는 것이 가장 성공률이 높다. 신뢰할 사람이 없는 경우에는 최대한 나와 말이 통하는 사람을 찾는다. 이는 단순히 언어만이 아니라 내가 말하고자 하는 바를 자연스레 이해하는, 정신 부분에서 비슷한 사람을 말한다. 그런 사람의 가족이나 친밀한 커뮤니티 속에 나와 잘 맞는 사람이 몰려 있을 가능성이 높다. 예를 들어 내 경우에는 장인, 오가닉, 홈메이드, 전통 같은 것들이 핵심 단어가 되는데, 그 단어가 있는 곳에 가면 길이 열렸다.

**2. 내 마음에 딱 들어맞는 단어를 발견한다.**
'80세 이상', '요리를 잘하는', '거침이 없는'. 이것이 내가 원하는 할머니의 이미지를 표현하는 핵심 단어다. 물론 내가 이미지로 그리는 할머니와 다른 사람이 그 단어를 듣고 그리는 이미지는 다를 수도 있다. 하지만 적어도 이 단어를 듣고 하루 종일 집에만 머무르거나 앓는 소리만 늘어놓는 할머니가 나오는 경우는 전혀 없다. 성격뿐만 아니라 요리를 잘한다는 시점에서 대개 육체도 건강한 할머니를 소개 받곤 한다. 그리고 80세라는 건 하나의 지표라고 할 수 있다. 전쟁을 겪은 후 아무 것도 없는 곳에서 무언가를 일궈 온 사람은 최고의 창의성을 가진 사람일 수밖에 없다. 그러므로 '80세'라는 키워드에서 이미 80퍼센트 정도는 '내가 만나고 싶은 할머니의 조건'이 충족된다고 할 수 있다.

### 3. 어떻게 해서든 만나고 싶다는 열정을 전달한다.

열정은 결과에 영향을 미친다. 내가 만나고 싶은 할머니에 대해서 자세히 그리고 최대한 열정을 쏟아 전달하면 반드시 그런 사람과 만날 수 있다. 특히 나처럼 표정으로 대화하는 사람이라면 일단 무조건 그 대상과 만나 보는 게 좋다. 중간에 다른 사람이 끼면 내 열정을 그대로 전달하기가 쉽지 않기 때문이다. 내 경우만 보자면, 만나서 이야기했을 때 일이 진전되는 경우가 훨씬 더 많았다.

이렇게 만나게 된 '내 취향의 할머니'들은 자신의 힘든 경험도 유쾌하게 이야기할 줄 아는 사람이었다. 어떤 장소, 어떤 시대에서도 살아남을 수 있는 생존 능력도 겸비하고 있었다. 매력이 넘쳤고 사람을 자연스레 품을 줄 아는 여유도 있었다. 그리고 무엇보다, 얼굴 가득한 주름이 놀랄 만큼 아름다웠다.

# chapter 3

# 삶거나 굽거나,
# 인생의 요리법

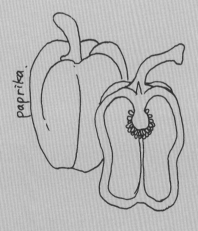

*my seasoning, my dish*

# 나만의 양념,　　　나만의 요리

마노리타 할머니의
칼도 가예고

라코루냐, 스페인

## 간단히 도착한 '땅의 끝'

스페인에 잠깐 머물던 유학생 시절, 파울로 코엘료의 〈순례자〉를 읽었다. 그 이후부터 '엘 카미노 데 산티아고'라는 산티아고 순례길이 늘 궁금했다. 산티아고 순례길은 '시코쿠 순례길 일본 시코쿠 지방의 88개 사찰을 걸어서 도는 순례길'의 스페인판 같은 것이라 할 수 있는데, 드디어 그곳을 찾아볼 수 있는 기회가 찾아왔다. 아쉽게도 걸어서가 아니라 비행으로 움직이긴 하지만 말이다.

스페인으로 출국하기 전, 니시카와 오사무라는 사진가와 만났다. 올해 76세인 그는 글, 그림은 물론 요리까지 뛰어난 다재다능한 사람이다. 비행기로 해외여행을 떠나는 사람이 거의 없던 시절에 이미 여러 나라를 여행했고, 현지의 선명한 감각을 낭만적인 언어로 엮은 저서를 몇 권이나 출간하는 등 여전히 활발하게 활약하고 있다.

언제나 그랬듯 스페인에서도 모든 일을 제로부터 시작했다. 식자재 헌팅부터 시작했는데, 내가 스페인어를 할 수 있고 그 땅에 대한 감도 다소나마 있기 때문인지 의외로 일이 순조롭게 흘러갔다. 흥미로운 이야깃거리도 많았고 놀랄 만큼 맛있는 식자재들도 척척 찾아낸 것이다. 그래서 기쁜 한편 약간은 김이 빠지기도 했다. 일이 무지 잘 풀려서 괴로워하다니, 인간이란 참으로 복잡하고 까다로운 존재로구나.

내가 찾아간 갈리시아는 고대 로마 시대부터 '땅의 끝'이라 불리던 곳이다. 스페인 안에서도 교통이 나빴기 때문이다. 갈리시아는 비가 많고 춥고 어두웠다. 인간이 진입하기 어려운 산맥 덕분에 웅장한 자연은 그대로 보존됐고, 독특한 전통과 관습이 형성되면서 많은 예술가를 배출한 땅이기도 했다. 가 본 적은 없지만 어딘지 모르게 전체 분위기가 아일랜드 같다는 생각이 들어서 찾아봤더니, 아니나다를까 갈리시아 역시 자연을 숭배하던 켈트족이 개척한 땅이었다. 하지만 이제는 달라졌다. '땅의 끝'이라고는 하나 누구든 쉽게 올 수 있다. 비행기나 기차가 자주오가고 교통비도 저렴하다. 정보도 물론 많다. 누구나 마음만 먹으면 세계로 나갈수 있고, 알고자 하면 뭐든 정보를 찾을 수 있는 지금 이 시대에, 낭만 따위는 한

톨도 없고 둔하기만 한 내가 도대체 누구에게 무슨 이야기를 전하고 싶은 걸까. 여기까지 와서 말이다. 여행 내내 나는 이 시대의 여행, 이 시대의 글쓰기에 대한 의미를 계속해서 생각하고 있었다.

## 몸으로 체득하는 현지의 맛

갈리시아 북부, 바다를 따라 형성된 도시 라코루냐로 향했다. 활기 넘치는 시장부터 먼저 찾았다. 친구 사이먼의 가게에 앉아 갈리시아 특산 식재료들을 야금야금 집어먹었다.

"갈리시아 음악을 들려줄게."

사이먼이 노래를 재생하자 '가이타'라는 악기의 연주가 흘러나오기 시작했다. 백파이프 비슷한 소리가 나는 악기였다. 만약 차에서 듣는다면 즐거웠던 차 안 분

특유의 문화를 간직한 갈리시아. 아직까지도 갈리시아에는 해적과 마녀의 전설이 남아 있다. 오루호를 끓여 만드는 '케이마다'만 해도 예전에는 마녀와 악마를 내쫓기 위한 의식이었다고 한다. 오루호 외에도 설탕과 레몬, 커피콩이 케이마다를 만들 때 들어간다.

위기를 순식간에 슬프게 만들어 버릴 음악이었다.

갈리시아어는 귀에 익은 스페인어와는 전혀 달랐다. 갈리시아어 억양으로 스페인어를 쓰는 청년들의 이야기를 듣다 보면 노래하듯 흐르는 그 리듬에 반해 그 내용을 이해하는 데 조금 더 시간이 걸리고는 했다.

점심에는 사이먼의 어머니가 만들어 준 집밥을 먹었다. 저녁에는 사이먼의 처갓집에서 퓨전 일식을 만들어 대접했다. 식후에는 '케이마다'를 만들어 모두와 나눠 마셨다. 케이마다는 와인을 만들고 난 포도 껍질을 증류한 술 오루호를 질그릇에 넣어 불을 붙인 후 불이 꺼질 때까지 주문을 외워 가며 휘휘 저어서 만드는 음료다. 음료를 만든다기보다는 의식을 행한다는 느낌이 강했다.

노래하듯 읊조리는 주문과 일렁이는 푸른 불꽃이 무척이나 신비로웠다. 그저 속없이 밝다고만 생각했던 스페인의 조금은 암울한 부분을 알아 버린 느낌이었다.

그리고 나니 스페인이 더 좋아졌다. 인터넷으로 취득한 인스턴트 정보로는 드러나지 않는 분위기, 그때의 나이나 상황에서만 느낄 수 있는 신선한 놀라움. 이런 것들이야말로 그 무엇보다 설득력 있는 진실이라는 사실을 새삼스레 깨달았다.

마노리타 할머니의 칼도 가예고

사이먼의 할머니인 마노리타 할머니를 만나러 갔다. 예쁘게 정돈된 방에서 사진을 보여 주며 할머니는 내게 많은 이야기를 들려주셨다. 마노리타 할머니는 86세의 나이에도 우아했다. 남편인 레오 할아버지는 93세라고 했다. 둘은 여전히 금슬이 좋았다.

남편이 군대에 있을 때 파견 때문에 가족 전원이 아프리카에 3년 정도 거주한 적이 있었다고 했다. 아프리카 생활은 어땠냐고 할머니에게 물어봤더니 "가족만

있으면 어디에서 살아도 즐겁지"라며 방긋 웃었다. 이런저런 이야기를 나누다 레오 할아버지의 장수 비결을 여쭤 보니 역시나, 할머니의 요리 덕분이란다. 특히나 양파를 매일 먹는 게 좋은 모양이다.

"물론 오래 같이 살다 보면 많은 일들이 있기 마련이야. 하지만 그만큼 서로를 어떻게 대해야 할지도 알게 되지. 내 의견은 감성적이고 레오의 의견은 논리적이기 때문에 아직까지도 자주 어긋나지만 말이야. 그래도 같이 산다는 건 즐거운 일이야."

그날 마노리타 할머니는 '칼도 가예고'를 만들었다. 갈리시아가 가난했던 시

돼지 지방은 **30분** 정도 끓이다가 먼저 꺼낸다. "보통은 그대로 두고 같이 끓이기도 하지만 이렇게 먼저 꺼내면 훨씬 더 깔끔한 수프 맛을 낼 수 있어." 마노리타 할머니가 내 쪽으로 슥 얼굴을 내밀며 열심히 설명해 줬다. 얼마나 열심이었던지 내가 들고 있던 카메라에 얼굴을 부딪칠 뻔했다. 육수를 내고 건진 고기들은 샌드위치 속재료로 쓴다.

절부터 지금까지 매일 먹고 있다는 국민 수프였다. 일본으로 보자면 미소시루味噌汁 같은 음식이라고나 할까.

닭 가슴살과 돼지갈비, 염장 돼지고기, 약간의 돼지기름을 넣어 푹푹 삶기를 **20~30분**. 얇게 썬 감자, 소금, 유채꽃순과 무청 비슷한 맛이 나는 스페인 특산 나물 그레로스 이파리를 넣고 따로 삶아 뒀던 콩도 넣어 **20분** 정도 더 끓이면 완성. 고기는 건져 내고 남은 건더기와 국물을 먹는 음식이다. 잔뜩 만들어 다음 날도, 그 다음 날도 다시 데워 먹는데 날이 지날수록 깊은 맛이 우러나와 더 맛있다고 한다. 감자를 포크로 뭉개며 먹는 것이 갈리시아만의 먹는 방식이다. 가난한 땅에서도 배를 든든히, 몸을 따뜻하게 데워 줬을 칼도 가예고. 분명 그들에게 칼도 가예고는 소중한 음식이었을 것이다. 양념은 단순하나 고기 국물의 깊은 맛이 절묘했던 칼도 가예고는 국물을 마신다는 점은 일본 요리와도 비슷한 면이 있었다.

할머니 헌팅을 시작했던 초반, 할머니들에게 레시피를 가르쳐 달라고 하면 대부분 축하할 일이 있는 날의 특별 레시피를 내놓고는 했다. 물론 그런 요리는 색이 화려하기 때문에 사진이 좀 더 잘 나올 수는 있다. 그러나 서로 친밀해지지 않으면 가르쳐 주지 않는, 놀랄 만큼 수수한 색들로 구성된 일상 레시피야말로 할머니들의 맛과 지혜가 응축되어 있다는 사실을 알게 됐다. 그리고 이런 일상 요리는 현지에 가서 맛을 봐야만 비로소 그 진수를 깊이 이해할 수 있다.

나만의 표현이란 것도 마찬가지다. 늦다 빠르다가 중요한 게 아니다. 다른 사람 눈에 어떻게 보이느냐도 중요하지 않다. 같은 책이어도 읽는 사람의 나이나 인생의 시기에 따라 전혀 다른 인상을 받고 전혀 새로운 발견을 하게 되듯, 그때그때마다 내가 정면에서 만나고, 마주하고, 승화시킨 표현이야말로 내게 있어 가장 리얼한 표현이지 않을까. 할머니들의 일상 레시피를 만나며 그런 생각이 들었다.

unique ingerdients for the feast

애정을 담은　　　비밀 레시피

루스단 할머니의
수수께끼 요리

트빌리시, 조지아

## 와인 산지를 찾아 동쪽으로!

조지아는 흑해와 접해 있는 남코카서스 지방에 위치한 작은 나라다. 아무 계획 없이 우당탕거리며 출국하는 패턴은 여전했다. 식자재를 탐색할 겸 조지아에 가야겠다고 결심하고 2주일 만에 조지아로 출국했으니 말이다. 일단은 조지아의 수도 트빌리시에서 러시아어밖에 할 줄 모르는 할머니를 만났다. 할머니의 안내로 로컬마켓까지 간 것은 좋았지만 언어가 통하지 않아서 서로 정말 고생이 많았다.

　사실 나는 일 년에 몇 번, 폭주하는 시기가 있다. 엄청나게 에너지가 넘치고 컨디션이 좋아서 무엇이든 밀어붙이는 시기다. 조지아에 갔을 때도 그랬다. 무서울 것도 없었고, 고민할 것도 없었다. 무조건 내달렸다. '세상에 아름다운 주름을 만들자'는 목표로 '40creations'라는 팀을 만든 것도 그 무렵이었다. 이런 때일수록 주의할 필요가 있다. 하지만 그런 것쯤 무시하고 달려나가 버리는 것이 또 나라는 사람이기 때문에 어쩔 수가 없다. 단추 하나 잘못 끼우면 좀처럼 되돌리기 어렵다는 것도 이런 시기의 특징이다. 조지아에서도 여느 여행과 마찬가지로 좋은 사람들을 많이 만났다. 하지만 어찌된 일인지 그들과 의사소통에 엇박자가 생기기 시작했다. 일정의 실마리도 찾지 못한 채 일단은 동으로 내달렸다. 와인 산지 중에서도 특히 유명하다는 카헤티 지방이 내 목적지였기 때문이다.

　사실 조지아는 와인 발상지다. 와인 양조 역사는 지금으로부터 8000년을 거슬러 오른다. '크베브리'라는 계란 모양 점토 항아리 안에 포도 열매와 껍질을 함께 넣고 흙에 묻어 자연 발효시키는 것이 조지아의 전통 와인 양조법이다. 이 양조법은 세계에서 가장 오래된 양조법으로 2013년 세계 유산으로 등록되기도 했다. 게다가 조지아에서 재배하는 포도 품종만 해도 무려 500종 이상! 몇 군데 집을 방문할 때마다 흙마루에 묻어 둔 크베브리 속 와인을 맛볼 수 있었다. 그중에서도 특히 맛있었던 와인은 정원에 아무렇게나 열린 포도로 만든 와인이었다. 예전의 막걸리가 그랬듯, 옛날에는 와인도 일반 가정에서 일상적으로 만들어 마시는 술이었을 것이다.

　동쪽으로 향하는 택시에 올라탔다. 택시 기사와 난해한 요금 교섭을 마친 뒤 말이 통하지 않는 걸 서로 잘 알면서도 이런저런 대화를 이어나갔다. 얼마쯤 지났

최근까지 '그루지아'라는 국명으로 불렸던 조지아는 1991년 소비에트 연방에서 독립한 이후 러시아어에서 유래된 국명의 변경을 추진했다. 일본은 2015년 4월에야 비로소 조지아의 국명 변경을 인정했다. 예로부터 조지아는 수많은 민족에게 침략 당했고 이민족의 유입도 격심했다. 한번 찾아보기 시작하면 끝낼 수 없을 정도로, 역사의 우여곡절이 많은 나라다. 또한 조지아는 그리스도교를 국교로 인정한, 가장 오래된 그리스도교 국가 중 하나다. 그래서인지 교회의 숫자가 놀랄 만큼 많다.

을까, 눈앞에 포도를 가득 실은 트럭이 나타나기 시작했다. 포도의 고장에 가까워진 듯했다.

택시 기사는 '점심 먹자!'는 몸짓을 하더니 길에 사람이 제법 보이기 시작하자 차를 세웠다. 애매한 곳에서 내리라면 어쩌나 약간 불안한 생각이 들었다. 그런데 어찌된 일인지 내가 내린 곳에 사람들이 잔뜩 모여 있었다. 아무래도 그날이 포도 수확 축제인 모양이었다. 다들 먹고 마시고 노래하고 춤추고 있었다. 문득 옆을 보니 이건 또 어찌된 영문인지 택시 기사의 가족이 거기 있는 게 아닌가! 덕분에 나까지 그들과 함께 축제를 즐겼다. 손수 만든 와인은 물론 소금만 쳤을 뿐인데도 깊은 맛이 나는 돼지고기와 닭고기를 나에게 나눠 줬다. 그뿐만 아니라 잔뜩 차려 입은 남자들이 아름다운 하모니로 중창곡까지 불렀다.

즐거운 점심시간을 보내고 다시 달리기 시작한 택시는 마침내 시그나기에 도착했다. '피난처'를 의미하는 단어에서 그 이름이 유래됐다는 시그나기는 주변이

성벽으로 둘러싸인 성곽도시다. 인구 2000명 정도의 아담하고 아름다운 곳이다. 그리고 마을 전체, 눈길이 닿는 곳 전부, 가지가 휠 정도로 주렁주렁 포도가 매달려 있었다. 와인의 땅다웠다.

뛰어다니고 싶을 정도로 쾌청한 날씨였기 때문에 서둘러 내려 밖으로 나갔다. 사람과 마주치면 '가마르조바!'하고 방금 전 외워 둔 인사말을 건넸다. 그러자 말도 안 되게 포토제닉한 할머니가 활짝 웃으며 이쪽으로 오라는 손짓을 했다.

외부인을 경계하지 않고 스르륵 집 안에 들이는 곳은 오랜만이라 약간 당황했다. 이웃집에서는 할머니 두 분이 조지아 명물 디저트인 '추르추켈라'를 만들고 있었다. 볶은 호두와 헤이즐넛을 실에 꿴 후 졸인 주스와 밀가루를 섞어 만든 끈적한 액체를 듬뿍 발라 그늘에서 6일간 말리면 완성. 포도 종류에 따라 색이 변하고 밀가루 배합이나 포도주스를 졸이는 정도에 따라서도 맛과 만듦새가 변한다고 했다. 그 뒤로도 몇몇 할머니의 집을 더 방문했지만 그 두 할머니가 만든 추르추켈라의

102

맛이 제일 각별했다. 고급스러운 단맛에 밀가루 비율도 적어 재료 본연의 맛이 풍부하게 났기 때문이다. 애벌레 모양을 하고 있는 추르추켈라는 조지아만의 독창적인 스니커즈 느낌이었다.

건배, 그리고 또 건배!

동쪽에서 친해진 러시아 여자아이들과 택시를 타고, 구글 지도에서 네 시간 걸린다고 하는 길을 수많은 교회와 양떼들에게 인사하느라 열두 시간이나 걸려 도착했다. 도착한 곳은 북쪽 국경에 근접한 도시 카즈베기였다. 해발고도가 갑자기 높아지는 바람에 시그나기에서는 25도였던 기온이 순식간에 3도까지 떨어졌다. 가지고 있는 옷이라곤 티셔츠밖에 없었기 때문에 전부 껴입어도 몸이 떨렸고, 보이는 건 온통 교회뿐. 게다가 온천이라고 데려가 준 곳은 그저 차갑기만 한 평범한 풀장

양치기 아저씨는 우리가 가려는 곳에서 출발해 우리가 출발했던 곳으로 간다고 했다. 여기까지 오는 데 며칠이나 걸렸는지 물었더니 "음, 닷새 정도?"라며 사람 좋게 웃었다. 비효율적이라고 잠시 생각했지만, 적절한 운동을 하며 야생의 풀을 먹고 있는 양들이 행복해 보였다. 마음 넓은 양치기 아저씨 곁에서 건강한 양으로 자랄 것 같았다.

이었다.

정말이지 내 맘대로 되지 않는 일투성이였다. 그러나 장대한 자연과 함께 하는 동안 '인간은 얼마나 미약한 존재인가. 계획만 하면 뭐든 그대로 될 거라는 생각을 하지 말라는 계시다'라는 깨달음의 경지에 돌입하자, 오만한 마음이 겨우 부서지면서 모든 것을 받아들일 여유가 생겨났다.

요상한 우연인 게, 카즈베기에서의 숙박은 또 이번에 만난 택시 기사의 친척집에서 해결하기로 했다. 어찌된 영문인지 이 나라 택시 기사들은 가는 곳마다 가족이나 친척이 있는 모양이었다. 소개 받은 곳은 마당에서 키우는 양의 젖으로 치즈와 조지아식 요구르트 마초니를 만드는 집이었다.

민박집 주인은 "아무 것도 없어서 미안하다"며 약간 질어 보이는 빵 반죽을 치대기 시작했다. 그리고는 으깬 감자와 금방 만든 치즈, 소금을 반죽에 섞어 평평하게 만든 후 프라이팬에서 구웠다. 겉은 바삭, 안은 포근한 둥근 파이가 완성됐다. 파이 이름은 '하비지니 조지아의 치즈빵 하차푸리의 한 종류'라고 했다. 소금에 절인 여름 토마토와 망간지고추 교토에서 나는 고추. 큰 꽈리고추처럼 생겼다 같이 생긴 피망 피클을 하비지니와 함께 차렸다. "있는 것만 내 놔서 미안하다"며 민박집 주인이 차려준 음식은 대모험을 마친 내 몸 속으로 깊이 스며들었다.

조지아 사람들은 와인을 마실 때 몇 번이고 반복해서 건배를 했다. 왁자지껄하다가도 누가 한 명 벌떡 일어나면 다들 잠잠해졌다. 누군가 신에게 바치는 건배사를 건넸다. 그리고 그 뒤로도 건배사는 계속됐다. 누군가는 우정에, 누군가는 사랑에, 그리고 고향에. 각자의 단어를 직조해 건배사를 건넬 때마다 모두의 잔이 한데 모였다. 건배의 말도, 와인도 결코 떨어지지 않았다. 나는 그때의 건배를 통해 맹세했다. 인생을 억지로 조정하려 해서는 안 된다. 아무 것도 탓하지 말고 모든 것을 받아들이자, 그리고 즐기자고 말이다.

## 수수께끼 요리

44년 동안 산부인과의로 근무했고 손끝이 야무져 요리든 소품이든 뭐든 척척 만

드는 루스단 할머니에게 '수수께끼 요리'를 배웠다. 이름도 없는 요리지만 누구든 그걸 한입 먹으면 똑같은 반응이 나온다고 했다.

"정말 맛있어! 근데 이거 뭘로 만든 거야? 닭? 생선? 아니면 버섯?"

그 안에 무엇이 들어 있는지조차 맞추지 못한다는 수수께끼 요리.

소련 시절, 조지아의 수도 트빌리시에서 태어나 우크라이나의 의대를 졸업한 후 고향으로 돌아온 루스단 할머니는 어머니의 동료이자 공학대학에서 학생들을 가르치던 남편을 만났다.

"와우! 그런 이야기를 물어볼 줄은 몰랐는데?"

즐거운 얼굴로 할머니는 교제 1개월 반 만에 남편과 결혼하게 된 이야기를 하기 시작했다. 당시에는 졸업 후의 근무지를 나라에서 배정했다. 루스단 할머니도 우크라이나에서 근무하기로 발령난 상태였다.

"하지만 결혼한 덕에 트빌리시에서 일할 수 있게 됐지. 고향에서 일할 수 있으니 행운이었어."

루스단 할머니의 시어머니는 조지아 서쪽 이메레티 출신이었다. 집안에 기념일이 있거나 모임이 있을 때 만들곤 했던 것이 그 수수께끼 요리였다. 루스단 할머니는 말했다.

"나는 그 요리를 시어머니께 배웠어. 하지만 조지아 사람들 대부분이 모르는 요리야. 언제 누가 만들기 시작했는지도 수수께끼지."

흔치 않은 향신료를 과하지 않나 싶을 정도로 많이 쓰기 때문에 다른 나라에서는 재현하기 어려울지도 모르겠다.

만드는 법은 이렇다. 계란에 회향풀, 너트메그, 말린 고수 가루, 세이보리, 말린 금잔화 가루, 부순 호두, 소금, 후추를 넣고 섞는다. 그리고는 스펀지 상태가 되도록 약불에서 천천히 폭신하게 굽는다. 완성된 모습은 약간 굳은 수플레 느낌이다. 그렇다. 이 수수께끼 요리의 정체는 계란이었다. 그것을 한입 크기 정도로 듬성듬성 나이프로 부순 후 그 모양 그대로 다시 구워 낸다. 그 수수한 모양이 치킨처럼 보이는데다가 식감은 또 고야두부 <sup>두부를 얼린 후 저온숙성해 말린 저장 두부</sup> 같기 때문에 재료가 계란이라는 생각은 전혀 들지 않는다. 이제는 수프를 만들 차례. '반드시 체온만큼 식을 때까지 기다려야 한다'고 할머니가 강조한 따뜻한 물을 잘게 부순 호두에 붓고는 말린 고수 가루, 계피, 회향풀, 생고수잎, 마늘, 소금, 후추, 레몬, 화이트와인 비네거를 넣고 휘휘 섞었다. 루스단 할머니는 내게 윙크하며 말했다.

"사실은 내일 먹으면 맛이 스며들어 더 맛있지."

확실히 맛있는 음식이었다. 간도 강하지 않기 때문에 어딘가 속이 풀리는 맛이기도 했다. 게다가 엄청난 종류의 향신료가 들어가 있는 까닭에 복잡한 맛이 도리어 상상력을 자극하는, 정말 재밌는 요리이기도 했다. 이벤트가 있던 날 나도 이 요리를 만들어 내놓은 적이 있는데 그 누구도 정답을 맞춘 사람이 없었다.

조지아 사람들은 요리와 와인이 차려진 식탁에 둘러앉는 것을 대단히 소중히 여긴다. 그래서 친척이나 친구들에게 식사를 대접하는 일이 많다고 했다. 루스단 할머니의 시댁도 사람이 자주 모여드는 집이었다. 그럴 때 고기나 생선을 잔뜩 써서 접대하는 것도 한 방법이지만 매번 그럴 수야 없는 노릇. 이 수수께끼 요리라면 특별히 고가의 재료를 쓰지 않아도 좋았을 것이다. 이 요리가 식탁에 올라가는 것만으로도 특별한 웃음과 대화, 즐거움을 끌어내 줬을 테니 말이다. 수수께끼 요리는 시어머니에게서 루스단 할머니로 이어져 내려온 비법과 애정이 잔뜩 응축된 요리다. 누가 봐도 틀림없는 진수성찬 메뉴다.

soy sauce and smile under the war

## 전쟁 통의 　　　　간장과 웃음

다쓰코 할머니의
고니시메

후쿠이, 일본

## 후쿠이의 여자들

'전국 행복도 조사'에서 랭킹1위 '전국 47개 지자체 행복도 랭킹' 일본종합연구소(1981년도) 의 영광에 빛나는 후쿠이 현. 그 밖에 후쿠이 현이 순위에 오른 여러 지표 중에 '여성 노동력 인구 비율' 역시 1위였는데, 확실히 내가 만난 후쿠이 현의 여자들은 다들 밝고 항상 부지런히 몸을 움직이고 있는 게 인상 깊었다. 드물게도 눈이 내리지 않은 후쿠이 현의 연말, 시내에서 만난 '야마사키야'의 다쓰코 할머니도 그 대표 인물이었다. 야마사키야는 300년을 이어 온 간장 양조장이다. 에도 시대 1603~1867 에 한 영주가 사냥을 끝내고 돌아가던 중 야마사키야 앞을 지나간 적이 있었는데, '정말 좋은 간장'이라며 흡족해하며 '다마 간장 옥처럼 귀한 간장이라는 뜻'이라는 이름을 붙여 줬다고 했다. 그 이후로 야마사키야에서 만든 간장은 다마 간장이라는 이름으로 지역 사람들의 사랑을 받고 있다. 며느리인 미도리 씨도 할머니와 마찬가지로 앉아 있는 모습을 거의 본 적이 없다. 내가 그렇게 말하자 미도리 씨가 웃으며 말했다.

"후쿠이의 여자들에게는 이게 보통이에요."

## 기백 가득한 인생

85세를 맞이한 디쓰코 할머니의 남편이자, 야마사키야의 회장 도시히로 할아버지는 올해로 92세다. 이야기를 나누다 보니 화제는 자연스럽게 전쟁 때로 넘어갔다. 할아버지는 젊었을 때 후쿠이를 떠나 도쿄 인근인 가와사키의 한 공장에서 일했다. 그리고 스무 살이었던 그해 3월 도쿄에서 대공습을 만났다. 5월에는 바로 근처에서 요코하마 공습을 겪어야 했다. 고향으로 내려오라는 성화에 할아버지는 후쿠이로 되돌아왔다. 그리고 일주일쯤 안도하고 쉬었을까, 7월에 다시 후쿠이에서 대공습을 만났다.

"B-29가 120대나 와서는 소이탄을 엄청나게 떨어뜨렸지. 이 조그만 도시에 말

고등학교를 졸업한 이후 40년 넘게 야마사키야에서 근무 중인 간장 명인. 디쓰코 할머니는 그를 가족 같은 사람이라고 했다. "'사모님, 간장만큼 재밌는 건 없어요.' 지금까지도 내게 그런 말을 하는 사람이지."

이야."

주변이 온통 불탔다. 가족 넷은 어찌어찌 강으로 피신했지만 물 위에도 불길이 떠다니고 있었다. 몇 시간이나 물속에 잠수해 버티며 공습이 지나가길 기다렸다. 새벽에 동네로 돌아와 보니 벽돌색으로 타 버린 땅은 걷기 힘들 정도로 뜨거웠다. 여기저기 사체가 나뒹굴고 있었다.

"그때 뭘 알게 된 줄 아나? 땅 밑 10센티미터 깊이에 묻어둔 건 타지 않고 버틴다는 걸 알았어. 땅 위에 있는 건 전부 타 버리지만 말이야."

그래서 할아버지는 마루 밑에 새 간장통을 묻었다. 그리고 그 안에 쌀과 가재 도구, 숙성 중이던 간장을 넣어 10센티미터 정도의 흙으로 덮었다.

"그랬기 때문에 우리 집 간장은 살아남을 수 있었지. 전쟁이 끝나자마자 쌀과 교환해 공장을 세웠고 곧바로 장사를 재개할 수 있었어."

하지만 공습으로부터 3년, 가업이 겨우 궤도에 오르는가 싶더니 이번에는 지진이 후쿠이를 덮쳤다. 양조장은 다시 불탔다.

"하지만 그때도 간장만은 무사했어. 불이 꺼지자마자 함석으로 오두막 같은 걸 짓고 간장과 함께 잠을 잤지. 아, 그러고 보니 이런 일도 있었어. 그때는 무쇠솥에다가 밥을 했기 때문에 다음 날 먹을 쌀을 미리 담궈 두었거든. 그런데 지진 때 난 불 때문에 무쇠솥에 저절로 밥이 돼 있었지 뭐야. 재 하나 안 들어가고 어찌나 밥이 잘 됐던지."

할아버지가 웃자 다쓰코 할머니도 "만담 소재로나 나올 법한 이야기지"라며 함께 웃음을 터트렸다.

이렇듯 300년을 힘차게 지켜온 양조장이었다. 그러나 남편이 갑작스레 병으로 쓰러졌다. 그가 마흔일곱이 되던 해였다. 의사에게 시한부 선고를 받았다. 빌린 돈도 있으니 이제 양조장을 그만두고 팔자는 이야기가 나왔다.

"나는 계속할 겁니다. 포기해서는 안 돼요. 생각 하나로 상황은 바뀌는 거예요. 그러니 포기하지 않으면 반드시 괜찮아질 거예요."

그때 이런 말을 하며 양조장을 이끌어 간 이는 다쓰코 할머니였다.

두 사람은 가지고 있던 건물 한쪽을 비워 닭꼬치집 사장에게 무료로 빌려줬다. 그리고 그 가게에 납품할 간장을 만들기 시작했다. 그러자 그 닭꼬치집이 문전성시를 이루기 시작했다. 지금은 일본 국내외 100개 이상의 지점을 가진 거대 체인으로 성장했다.

"하지만 거기서 쓰는 간장을 개발하는 데만도 10년이나 걸렸어. 거기 사장님이 '누구도 못 만드는, 다쓰코 씨만이 만들 수 있는 간장을 만들어 달라'고 하기에 계속해서 만들어 나갔지. 간장에 있어서는 매우 까다로운 사람이었기 때문에 미묘한 염분의 차이, 색의 차이 때문에 아마 열 번 이상은 퇴짜를 맞았을걸? 후후후. 하지만 그런 과정이 있었기에 지금이 있는 거겠지."

힘든 상황에도 계속해서 길을 찾아간 할머니처럼 나도 어떤 상황에서든 나만이 할 수 있는 일을 만들고 싶다는 생각이 들었다.

### 대대손손의 지혜를 담은 고니시메

다쓰코 할머니가 만들어 준 요리는 고니시메 여러 채소를 잘게 썰어 간장, 설탕, 술 등을 넣고 달콤 짭짤하게 조린 음식 다. 예전부터 설날이면 야마사키야에서 빼놓지 않고 만들었다는 요리다. 재료를 자르는 방식에 야마사키야만의 특징이 있었다.

"당근도 1.5센티미터, 유부도 1.5센티미터. 전부 1.5센티미터 크기로 작게 썰어서 조림을 만들어야 한다고 대대손손 전해 왔지."

재료는 당근, 무, 유부, 곤약, 표고버섯, 죽순, 다시마, 토란이다. 이걸 전부 사방 1.5센티미터 크기로 썰어서 간장에 조린다. 뭉그러지기 쉬운 토란은 반드시 마지막에 넣어야 한다고 강조했다. 커다란 양수 냄비에 넘칠 만큼 썰어 둔 재료를 차례대로 넣었다.

"이게 썰다 보면 크기가 조금씩 커지기 마련이거든? 1.5센티미터로 크기를 맞추는 게 은근히 어려워."

그렇게 말하며 할머니는 술과 맛술, 설탕, 간장 등으로 간을 맞춰 끓였다. 그

리고는 양수 냄비를 잡고 뒤집듯 위아래로 흔들었다.

　1.5센티미터로 자르는 이유를 물어 보니 '보기에도 좋고, 조금씩 집어 먹을 수밖에 없기 때문에 배를 불리기 쉽고, 그러니 과식을 방지할 수 있지 않을까 하는, 대대로 장사를 해 온 집안의 알뜰한 지혜'라고 했다. 찬합에 담아 완성한 고니시메는 보석 상자처럼 화려하고 고상했다. 깊은 맛이 밴 채소를 하나씩 젓가락으로 집어 먹는 것도 어딘지 세련돼 보였다.

　다쓰코 할머니와 도시히로 할아버지는 어디를 가도 늘 함께 움직인다. 부러운 생각이 들어서 "사이가 좋으시네요" 하자 할머니는 이런 이야기를 들려줬다.

　"의사 선생님한테 남편이 내일 죽을지도 모른다는 이야기를 들었어. 어딘가에 혼자 쓰러져 있으면 곤란하겠다는 생각에 늘 뒤를 따라 걷기 시작했지. 그때부터 어딜 가든 늘 같이 다녔어. 고맙게도 아흔이 되어서도 여전히 건강하지만 말이야."

　다쓰코 할머니의 웃는 얼굴은 여배우처럼 눈부시고 멋졌다. 그 어떤 힘든 상황이 닥쳐 와도 눈앞에 있는 상대방의 등을 밀며 힘을 실어줄 수 있을 멋진 웃음이었다. 그 웃음은 분명, 생각지도 못한 상황에도 결코 포기하지 않겠다는 각오로 살아가기에 존재할 수 있는 것이다. 저렇게 멋지게 웃으려면 무엇이 필요할까? 다른 그 무엇보다 스스로에 대한 각오가 먼저일 것이라는 생각이 들었다.

고니시메는 냄비 한가득 만들기 때문에 골고루 뒤적이는
일이 약간 고역이다. 주걱으로 섞다 보면 모양이 부서지기
때문에 정성껏, 그러나 과감하게 냄비째로 흔들며 내용물을
섞어야 한다. 힘과 균형 감각이 필요한 작업이기 때문에
지금은 며느리 미도리 씨가 고니시메를 담당하고 있다.

# 트렁크 속에는

내 트렁크는 의외로 작다. 트렁크 안에는 제한된 여행 용품만 채워 넣는다. 반드시
들고 가는 것은 이런 것들이다.


- 여권, 국제면허증(시골은 운전이 필수)
- 신용카드(쓸 수 없는, 때로는 쓰지 않는 편이 좋은 나라도 있기에 주의를 요함)
- US 달러(일본 엔화로는 환전을 할 수 없는 나라도 있기 때문에 만일을 대비해 적어도
  100달러 정도는 여분으로 지니고 다닌다.)
- 무인양품 목베개(입으로 공기를 불어 부풀리는 기내용 베개), 마스크(기내용)
- 카메라(5년 동안 쓰고 있는 낡은 일안 카메라. 렌즈는 단초점 렌즈 하나 뿐이다.)
- 노트북(맥북 에어), 외장 하드, 충전기류, 멀티 플러그, 이어폰(스카이프용)
- 유심 교환 가능한 스마트 폰(현지 사람도 쓸 수 있도록 기본설정은 영어로 해 둔다.
  구글 맵으로 길을 물어볼 때 지도가 일본어라면 알아보기 힘들기 때문에 영어로
  설정을 해 두는 게 좋다. 유심을 바꿔 끼우고 직원에게 설정을 부탁할 때도 영어로
  설정되어 있어야 진행이 매끄럽다.)
- 약간 좋은 레스토랑에 갈 때 필요한 옷과 구두(늘 대충 걸치고 다니지만 그 지역에서
  인기 있는 레스토랑을 확인하거나 저녁 식사에 초대를 받았을 경우 부끄럽지 않을
  만한 옷을 챙겨 간다.)
- 캐시미어 숄(더운 지역에 갈 때도 챙긴다. 냉방을 심하게 틀어 뒀을 때 필요하기
  때문이다. 캐시미어는 가볍고 따뜻하다.)
- 간단한 선물(호의에 보답하고 싶을 때 '고마우니 이거라도'라는 마음으로 여섯 개
  정도는 가지고 다닌다. 보존 가능한 것이 좋다. 처음 방문한 곳에서 발견한 맛있는
  것을 다음 여행지에서 건네고, 또 그곳에서 간단한 선물 거리를 구입하고. 이런 식으로
  트렁크 속 '선물 코너'는 교체 방식으로 운영하고 있다. 오른쪽 사진은 방콕에서
  오스트리아로 날아가 식자재 생산 농가와 할머니들의 집을 돌던 때의 내용물이다.)

선물은 여행지에서 발견한 것 중 마음에 드는 것으로 준비한다. 이번에는 태국
남부 농장에서 발견한 100퍼센트 코코넛 설탕을 선물로 챙겨갔는데, 받는 사람이
'캐러멜 같다!'며 엄청 기뻐했다. 그 외에도 태국 북부에서 구입한 발효소시지 '넴',
말레이시아 페낭에서 구입한 생 너트메그로 내가 직접 만든 잼, 홋카이도 라우스
지역 특산품인 '라우스 다시마' 등도 환영 받은 품목이다. 만나는 사람 대다수가
요리를 좋아하는 사람이기 때문에 좋은 식재료는 국경을 넘어 언제든 환영 받는다.
할머니들이 모이는 곳을 찾을 때에는 함께 먹기 좋은 과자 같은 걸 챙긴다.

A 어느 나라에서도 사용 가능한 멀티 플러그 B 격식 있는 자리를 대비한 구두와 가방 C 국제면허증
D 베개 E 〈선물〉 태국에서 가장 오래된 발효소시지 공장에서 구입한 '넴' F 〈선물〉 페낭에서 구입한
생 너트메그로 내가 만든 잼 G 〈선물〉 태국 농장에서 구입한 코코넛 설탕 H 〈선물〉 도쿄의 이탈리안
비스트로 '키친 와타리가라스'에서 나눠 받은 '라우스 다시마' I 〈선물과 교환〉 할머니가 주신 자두잼
J 〈생산자에게 구입〉 와이너리가 경영하는 식당에서 산 잼 K 〈생산자에게 구입〉 예술적이던 와이너리
'모리츠'의 초콜릿과 와인 L 〈생산자에게 구입〉 와이너리 '에른스트 트리에바우머'의 와인 M 〈구입〉
마음에 들었던 레스토랑에서 특별히 고집한다던 머스터드 N 〈구입〉 시장에서 먹어 보고 너무 맛있어서
구입한 피스타치오 O 앞치마 P 숄 Q 격식 있는 자리를 대비한 드레스

# Hello world!

전 세계 15개국 90여 개 도시, 3년간의 할머니 헌팅 기록

2012. 12.20~2013. 1.5 하와이(오아후, 하와이, 카우아이) 1.5~1.11 도쿄 1.12~1.20 기후,
나고야 1.21~2.5 도쿄 2.6~2.11 나고야 2.12~2.15 교토 2.16~2.24 기후, 나고야 2.25~3.10
도쿄 3.11~3.12 기후, 나고야 3.13~3.17 말레이시아 쿠알라룸푸르 3.17~3.24 베트남
호치민 3.24~3.27 태국 방콕 3.27~3.31 말레이시아 쿠알라룸푸르 3.31~4.1 캄보디아
4.1~4.2 말레이시아 쿠알라룸푸르 4.2~4.4 싱가포르 4.4 도쿄 5.15~5.24 가미야마,
다카마쓰, 쇼도시마 5.25 기후 5.26~6.14 도쿄 6.14~6.20 교토, 고베 6.20 기후 6.21~7.3
도쿄 7.3~7.12 대만(타이베이, 타이난, 가오슝) 7.12~7.14 말레이시아 쿠알라룸푸르
7.14~7.31 도쿄 8.1~8.6 기후, 나고야 8.6~8.11 도쿄 8.11~8.17 후쿠오카, 고쿠라,
오노미치 8.18~8.22 기후, 나고야 8.22~9.1 도쿄 9.1~9.2 도치기 9.3~9.6 도쿄 9.7~9.11
프랑스(파리, 앙주) 9.12~9.20 크로아티아 9.21~9.26 바르셀로나 9.27~9.30 바니울스
10.1~10.8 마드리드 10.9~10.11 도쿄 10.11~10.15 기후 10.15~10.25 도쿄 10.25~10.27
이와키 10.27~11.5 도쿄 11.5~11.8 기후 11.8~11.12 아키타(아키타시, 고조메),
11.12~11.22 도쿄 11.22~11.25 쇼도시마 11.26~11.27 후쿠시마, 산리쿠 11.28~12.18 도쿄
12.18~12.21 기후 12.22~12.23 데시마 12.23~12.25 도쿄 12.25~12.28 쇼도시마

전체 면적: 989,292.47제곱킬로미터(381,967.96제곱마일)
전체 거리: 62,551.23킬로미터(38,867.53마일)

2013. 12.28~2014. 1.6 나고야, 기후 1.6~1.24 도쿄 1.24~2.1 나고야, 기후 2.1 도쿄
2.2~2.4 군마 2.4~2.24 도쿄 2.25~2.27 후쿠시마 2.28~3.2 도쿄 3.3~3.5 히다 3.6~3.10
도쿄 3.11~4.3 스페인(마드리드, 바야돌리드, 팔렌시아, 부르고스, 사모라, 살라망카,
토르데시야스, 산세바스찬, 바르셀로나) 파리 4.4~4.5 도쿄 4.6~4.8 쇼도시마 4.9~4.25
도쿄 4.26~4.28 아야초 4.29~4.30 고게초 4.31~5.1 게이호쿠초 5.2~5.11 도쿄
5.12~5.25 미국(몬토레, 샌프란시스코, 포틀랜드, 시애틀) 5.22~6.4 도쿄 6.5~6.12
나고야, 히다 6.12~6.22 도쿄 6.22~6.26 게센누마, 가라쿠와 6.26~7.14 도쿄 7.15~7.19
야마가타(쓰루오카, 오이시다) 7.20~7.27 도쿄 7.28~7.31 시가 8.1~8.4 나고야 8.4~8.7

118

도쿄 8.8~8.12 오와세 8.12~8.18 기후 8.18~8.21 리쿠젠타카타 8.21~8.26 도쿄 8.27~9.5
쇼도시마, 가미야마 9.5~9.23 도쿄 9.23~9.24 후쿠시마(이와키, 이나와시로) 9.25 도쿄
9.26 도치기 9.27~9.30 도쿄 10.1~10.6 대만(타이베이, 타이난, 가오슝) 10.7 마나즈루
10.8~10.16 도쿄 10.17~10.20 쇼도시마 10.20~10.26 도쿄 10.27 센다이 10.28~11.5
도쿄 11.6~11.12 스리랑카(콜롬보, 캔디, 나와라피티야) 11.13~11.17 도쿄 11.18~11.24
시라카와, 구조, 기후, 이치노미야, 헤키난 11.25~11.26 도쿄 11.27~11.30 쇼도시마
12.1~12.8 도쿄 12.9~12.11 시라카와, 이토시로 12.12~12.25 도쿄 12.25~12.27 오이시다
12.28~12.30 도쿄

전체 면적: 4,009,470.01제곱킬로미터 (1,548,065.02제곱마일)
전체 거리: 75,697.93킬로미터(47,036.52마일)

2014. 12.31~2015. 1.4 기후, 이토시로, 나고야 1.5~1.8 후쿠오카, 야나가와, 호시노무라
1.8~1.17 도쿄 1.17~1.19 쇼도시마 1.20 기후 1.21~01.22 도쿄 1.23 오사카 1.24~2.9 도쿄
2.9~2.10 노토지마 2.11~2.16 도쿄 2.16~2.25 미크로네시아(폰페이, 코스라에) 2.25~3.13
도쿄 3.13~3.16 니가타 3.17 도쿄 3.18~3.22 다카마쓰, 쇼도시마, 가미야마 3.22~3.28
도쿄 3.28~3.29 마나즈루 3.30~4.4 도쿄 4.5~4.8 홍콩 4.9~4.14 도쿄 4.15~4.16 데시마
4.17~4.20 도쿄 4.21~4.23 나고야 4.23~4.27 후쿠오카, 구마모토, 시이바손 4.27~4.28
미즈나미 4.29~5.5 도쿄 5.5~5.6 데시마 5.7~5.11 교토, 오사카 5.12~5.20 도쿄, 니지마
5.20~5.22 아키타(고조메, 고사카) 5.23~5.25 도쿄 5.26~6.7 스페인(마드리드, 시구엔사,
부르고스, 라레도, 라코루냐) 6.8 도쿄 6.9~6.11 아키타(고사카) 6.12~6.26 도쿄 6.27~6.28
노토 6.29~7.8 도쿄 7.9~7.10 야마나시 7.11~7.13 대만(가오슝, 타이둥) 7.14~7.22 도쿄
7.23~7.26 다카마쓰, 교토, 오사카 7.28~8.5 도쿄 8.6~8.10 아키타, 아오모리 8.11~8.13
도쿄 8.14~8.18 기후, 나고야, 나가노 8.19~9.6 도쿄 9.7~9.8 다카마쓰 9.9.~9.24 도쿄
9.25~9.26 후쿠오카, 나고야 9.27~9.29 도쿄 9.30~10.10 조지아(트빌리시, 시그나기,
카즈베기) 10.11~10.21 도쿄 10.22~10.23 오비히로 10.23~10.27 기후, 오와세 10.28~11.1
도쿄 11.2 기후 11.3~11.17 도쿄 11.18~11.21 가고시마 11.22~11.29 도쿄 11.29~12.1
다카마쓰 12.1~12.9 도쿄, 가루이자와 12.10~12.16 나고야, 오와세 12.17~12.26 도쿄
12.27~12.28 후쿠오카, 구마모토 12.28 도쿄 12.29 나고야 12.30~12.31 후쿠이

전체 면적: 2,505,981.40제곱킬로미터(967,564.83제곱마일)
선제 거리: 84,448.56킬로미터(52,473.91마일)

chapter 4

# 내 배를 든든히
# 채워 주는 사람

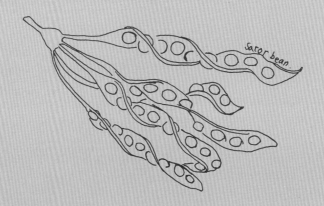

tastier than ordinary

# 다른 곳보다     조금 더 맛있는

후초 할머니의
볶음쌀국수

타카오, 대만

## 아름다운 변혁의 섬

2016년 1월, 다른 후보들과 압도적인 득표차를 기록하며 대만에 첫 여성대통령이 탄생한 역사적인 순간, 나는 우연히도 대만 남쪽 항구 도시 가오슝에 있었다. 대만에는 사전투표 같은 제도가 없고, 자신의 주민등록지에서 벗어나 있을 경우 우편으로 투표하는 것이 불가능했음에도 불구하고 투표율은 약 66퍼센트를 기록했다. 대만의 젊은이들도 투표에 적극 참가했다. 내 주위 대만 친구들도 '역사적

예부터 '미려도(美麗島)'라 불렸던 작고 아름다운 섬 대만. 포르투갈, 네덜란드, 스페인, 일본은 서로 뺏고 뺏기며 이 작고 아름다운 섬을 점령해 왔다. 그러나 60만 명의 병사를 포함한 150만 명의 중국국민당원이 중국 본토에서 섬으로 들어온 1949년 이후, 중화인민공화국과 중화민국이 대만해협을 사이에 두고 대치하는 상황이 형성됐다. 그리고 쌍방이 다른 입장에서 '하나의 중국'론을 전개해 나갔다. 대만 친구들은 해외에서 자신들을 '타이와니즈'라 표현하지만 기실은 북경어로 말하고, 중국의 지리와 역사를 본국의 역사로 배웠고, 올림픽에서도 '차이니즈 타이베이'라는 국가명으로밖에 출전할 수 없는 등, 자기 정체성의 붕괴 위기에 직면해 있다고 했다.

게스트하우스 '산바 3080s'. 할머니가 태어난 1930년대와 다니엘이
태어난 1980년대를 이어주는 추억의 소품들이 놓여 있다. 그 덕분에
게스트하우스는 시간의 두께가 느껴지는 공간으로 완성되었다. 거리
모습과 비즈니스가 변화를 거듭해 가던 그 시대, 다니엘의 할머니는
웨딩 사업에 몰두했다.

인 해가 될 것'이라며 들떠 있었다.

대만은 규슈 정도의 면적이지만 여러 민족과 원주민들이 각자의 언어를 쓰며
살아가는 나라다. 이렇듯 대만은 다양성을 바탕으로 이루어진 곳이다. 나는 그 안
에서 고뇌하고 행동하는 동년배 친구들을 만나기 위해 가오슝을 자주 오가고 있
다. 가오슝은 도시이긴 하지만 조금만 걷다 보면 풍성한 자연과 다양한 문화를 만
날 수 있는 땅이다. 낡은 것과 새로운 것을 동시에 만날 수 있는 곳이기도 하다.

후초 할머니가 없으면 안 된다니까
음식과 수공예에 관심이 많고 열정이 이끄는 대로 살아가는 가오슝 친구를 몇 명
알고 있다. 그중에서도 다니엘은 오랜 친분을 유지하고 있는 친구다. 3년 전쯤이

126

었을까. 당시 호텔 컨설턴트로 근무하던 그는 처음 만난 나에게 한 빌딩을 안내해 줬다. 웨딩드레스 사업을 하던 친할머니가 주거공간 겸 사무실로 이용하던 빌딩을 리모델링해 게스트하우스로 만들 계획이라고 했다. 단순한 리모델링에 그치는 것이 아니라 빛과 바람은 물론, 그 지역의 변천과 역사까지 느낄 수 있는 건축물로 만들고 싶은 바람을 품고 있었다. 그는 그 지역의 역사와 이야기, 사람들의 생활을 꼼꼼하게 조사했고 자신이 원하는 건축물로 완성해 냈다.

다니엘의 할머니가 창업했다는 웨딩드레스 사업은 국내 수요의 감소로 국외 수출로 그 축을 옮겼다. 현재는 그 딸들이 사업을 이어받았고 국외의 고객들이 빈번하게 가오슝을 오가는 중이라고 했다.

다니엘 일가의 이야기는 사업 수완이 뛰어난 친할머니의 뒤에서 가족을 지탱해 온 '왕 할머니'의 존재 없이는 설명할 수 없다. 손자들이 '킴버'라는 애칭으로 부르는 반 후초 할머니가 바로 그 사람이다. 말하자면 다니엘 친할머니의 남동생의 아내로, 진외종조모다. 지금까지도 다니엘 일가는 매일 가족 모두가 식탁에 둘러앉아 점심을 함께 먹는다. 후초 할머니가 만들어 준 밥이 먹고 싶기 때문이라고 했다. 다니엘과 그의 형 디오가 어렸을 때, 바빴던 양친과 친할머니를 대신해 그들을 돌봐 줬던 이도 후초 할머니였다. 하지만 할머니 본인은 이렇게 말했다.

"내가 여행을 얼마나 좋아하는데. 매일 밥하고 애들 뒤치다꺼리나 하고 살 생각은 없었어."

그럼에도 할머니는 가족 전원의 간절한 바람에 못 이겨 잇달아 손자들을 키웠다. 손자들의 이야기는 이러했다.

"갑작스레 킴버가 한 달 동안 미국에 다녀오겠다는 말을 꺼낸 적이 있었어. 친족이 미국에 살고 있었거든. 가족들은 필사적으로 매달릴 수밖에 없었어. 한 달이나 킴버의 밥을 먹지 못한다니, 그건 무리라며. 서로 합의해 일정을 2주일로 줄였지. 그리고 10년 전쯤인가, 킴버가 요리를 그만두겠다는 이야기를 꺼낸 적이 있었어. 매일 두 끼나 만들다 보면 자기가 좋아하는 여행을 갈 수 없으니 이제 그만두겠다는 거였지. 그래서 가족 전원이 킴버를 만류하고 나섰어. '갑자기 하는 일이 없어지면 너무 심심해서 치매에 걸릴 수도 있다'고 농담 반 진담 반 살짝 겁도 주면서. '그래? 그럼 절충해서 평일 점심만 요리할게.' 이렇게 정리된 게 지금 상황이야."

이 이야기를 듣는데 큭큭 웃음이 났다. 후초 할머니의 밥이 자신들에게 얼마나 소중한지, 너무나도 열정적으로 설명했기 때문이다. 가사도우미를 고용할 수 있는 유복한 집이면서도 다들 할머니를 붙들어 매놓으려 필사적이었다는 부분이 어쩐지 귀엽기도 했다.

부엌에서 조금 떨어지려고 하면 가족들은 할머니를 구슬리고 함께 타협점을 찾는, 후초 할머니 집안의 참으로 귀여운 일상 구도를 보고 있자니 지금까지는 전혀 생각하지 못했던 감정이 내 안에서 눈을 뜨는 것 같았다. 나는 언제나 내가 하고 싶은 일을 하고 가고 싶은 곳에 가는 사람이다. 앞으로는 보다 긴 안목으로 인생을 바라보는 것도 좋을지 모르겠다는 생각이 들었다. 좀 더 깊이 들여다보니 내가 하고 싶은 일이란 게 그리 많지도 않았다. 누군가가 나를 필요로 한다면 그것에 전력을 다하는 것도 나쁘지는 않겠구나, 그런 생각이 들었다.

타이베이 출신의 후초 할머니는 매 주말마다 타이베이로 돌아간다. 예전부터 계속되는 일상이라고 했다. 가족을 만나러 가냐고 물으니 눈에 하트를 그리며 "마작하러!"라고 하기에 웃음이 터지고 말았다. '뭐야, 할머니도 하고 싶은 일 하고 사시네.' 그렇게 안도하고 있으니 손자가 슬쩍 내게 이렇게 일러 바쳤다.

"마작에 너무 열을 올리다가 막차 놓치고 아침에 온 적도 있어."

## 다른 곳보다 조금 더 맛있는 볶음쌀국수

후초 할머니는 냉장고 속 재료를 보고 이름도 없는 요리를 창작하는 걸 좋아한다.

"새로운 것에 도전하는 게 즐거워. 만들다 보면 처음 생각하던 것과는 다른 요리로 완성되기도 하지만 말이야."

그렇게 말하며 웃는 할머니에게 가족들이 제일 좋아하는 음식이 뭐냐고 물어봤다.

"차오미펀!"

무척이나 심플한 요리 이름이 거론됐다. 차오미펀은 쉽게 말해 볶음쌀국수다. 할머니가 만든 차오미펀 맛의 비법은 기름에 있다고 했다.

"돼지고기나 닭고기 요리 할 때 나오는 기름 있잖아? 그 기름을 따로 보관해 두지. 고기의 풍미가 배어 있거든. 별것 아니지?"

분명히 기름으로 볶기만 했을 뿐인데도 돼지나 닭으로 육수를 낸 것 같은 풍미가 식욕을 돋웠다. 어딘가 다른 곳의 음식보다 조금 더 맛있어지는 비법. 그건 바로 고기 기름을 따로 모아 두는 잠깐의 수고였다.

할머니는 팬에 비법 기름을 두른 후 얇게 저민 마늘과 삼겹살, 물에 불린 표고 버섯, 양파를 먼저 볶았다. 그리고 물에 불린 건가리비와 당근, 목이버섯을 넣고 볶다가 약간의 간장과 표고, 가리비 불린 물을 더해 간을 맞췄다. 마지막으로 양배 추, 파, 건새우를 넣고 채소의 숨이 죽을 때까지 조금 더 볶다가 덜어 놓으면 일단

고기 맛이 배어 있는 기름을 더하면 감칠맛과 풍미가 한층 더 살아난다.
재료를 넣는 순서, 볶던 재료를 잠시 밀어 두고 그때 나온 육수에 삶은 면을
잽싸게 묻히는 이런 작은 팁들이 쌓여, 모든 재료가 절묘한 식감으로 완성된다.

끝. 재료를 볶으며 나온 남은 육수에 삶은 면을 넣어 재빨리 맛을 입힌 후 접시에 담고 그 위에 미리 볶아 뒀던 재료를 올려 쌀국수볶음을 완성했다. 후초 할머니의 요리는 이렇게 간단한 요리조차도 다른 곳에서 먹는 것보다 조금은 더 맛있다. 가족들이 매일 먹고 싶다고 한 이유를 알 것 같았다. 그 '조금'이 가족을 매료시켜 버리는 것이다.

"사실 예순이 되면 슬슬 은퇴할 생각이었거든? 그런데 어느새 일흔아홉이 되고 말았지 뭐야."

할머니는 그것도 꽤나 좋았다는 표정이었다.

개인의 흥미만으로 움직일 때에는 몇 개국을 여행했건 보이는 세계는 좁기만 했다. 보다 크게 확장될 행복. 어쩌면 그런 미래의 풍경은 사람들과의 관계, 삶의 거처에 있는 건 아닐까? 언젠가 나도 그런 풍경을 가지고 싶었다. 후초 할머니를 만나며 그런 것들에 대해 생각했다.

spirit is the secret ingredient

맛의 비법은       여성의 강인함

쓰구코 할머니의
기슈사이 소반

노토지마, 일본

엄청나게 유입된 저기압의 영향으로 놀랄 만큼 많은 눈이 내렸던 12월. 그 눈을 뚫고 이시가와 현 나나오를 처음으로 방문했다. '나나오에 갈 거라면 이 남자를 만나라'며 몇몇 지인이 소개해 준 사람이 있었다. '못탄'이라 불리는 남자였다. 일이 바쁜 대낮 시간임에도 불구하고 못탄은 짬을 내서 할미니 헌팅에 함께해 주기로 했다.

일단은 노토지마로 향했다. 반농반어로 생활을 꾸려 나가는, 인구 3000명의 작은 섬이라고 했다. 눈보라에 쓰러진 나무들이 길을 막았고 눈 쌓인 풍경이 끝없이 펼쳐졌다.

"이런 맹렬한 눈보라는 좀처럼 만날 일이 없는데……."

못탄은 운전에 애를 먹는 것 같았다. 하지만 그런 그를 본체만체, 나는 그만 폭설에 신이 나고야 말았다.

탐문 조사에 따르면 노토지마는 부모 자식 세대의 동거율이 높은 섬이다. 또한 자식 세대가 생활 전반을 짊어지고 있다. 그래서 할머니들이 부엌살림에서 손을 뗀 경우가 많았다. 대를 넘어 요리가 전승되고 부엌살림에서 세대교체가 이루어졌다는 건 보통 사람의 눈으로 보자면 좋은 일이다. 그러나 나에게는 슬픈 일이었다. 그런 상황을 알았다는 것 외에 별다른 수확은 없었다. 하지만 눈보라 덕에 못탄의 일정이 취소되면서 다음 날도 그의 도움을 받을 수 있었다. 할머니 헌팅과 함께 내일은 어업 현장도 찾아가 보기로 했다. 다음 날 동틀 무렵, 걱정하던 날씨가 기적마냥 좋아지고 배가 떴다는 소식이 들려 왔다. 새벽 5시쯤 못탄의 차를 타고 항구로 향했다.

항구에 도착해 방문한 곳은 정치망 조업을 하는 '주식회사 가도시마테이치'였다. 생선을 잡아 올리자마자 배 위에서 신경 죽이기 작업 <small>사후경직을 최대한 늦춰 생선의 선도를 유지하기 위한 작업</small> 을 하는 등, 신속하고 꼼꼼한 생선 관리로 도쿄에도 단골손님이 많은 어업 팀이었다. 일본 어부의 평균 연령은 60대지만 가도시마테이치의 평균 연령은 30대로 젊었다. 게다가 업계에서는 드물게도 고정급 제도를 실시하는데다가 조업

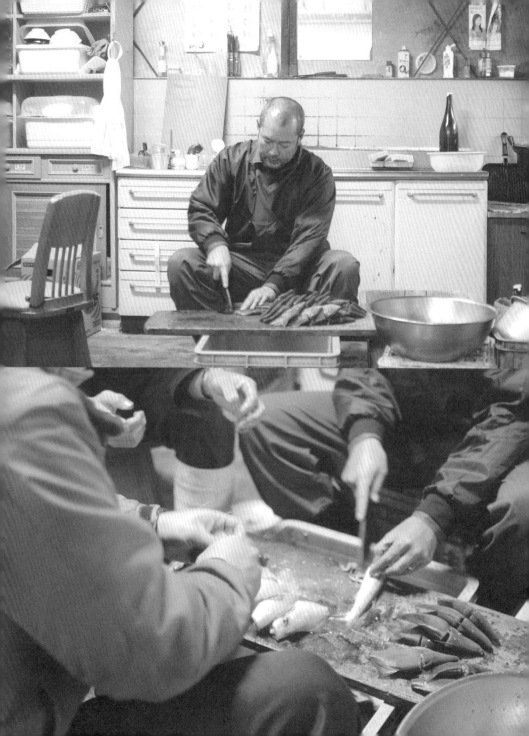

은 물론 생선 가공 작업까지 하는 등, 혁신적인 부분이 많은 회사였다.

　우리가 항구에 도착한 시각은 6시 조금 전이었다. 배는 이미 항구로 돌아와 있었다. 새벽 2~3시부터 조업을 한다고 했다. 생선 분류가 끝나자 다들 모여 아침상을 차렸다. 그날 잡은 생선을 잔뜩 넣은 된장국과 바로 뜬 회가 식탁에 올랐다. 가히 흠잡을 곳 하나 없는 훌륭한 맛이었다. 이렇게 맛있는 아침을 얻어먹을 수 있다니, 눈보라가 불러온 기적에 감사할 수밖에 없었다.

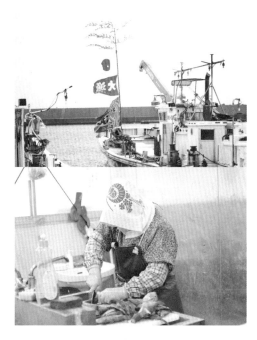

노토지마의 풍어제인 기슈사이 날 매달아 놓은 대어기가
강풍에 휘날리고 있었다. 높고 거친 파도, 어두컴컴하게 흐린
날씨였는데도 그 모습을 보니 마음이 설레는 게 참 신기했다.

## 착실히 길을 찾아 꿋꿋하게 살아간다는 것

아무런 실마리도 없이 찾은 노토지마였지만 '섬 최초의 여성교육감이 있다'는 말
을 듣고 무작정 만나러 갔다. 81세의 이시바시 쓰구코 할머니였다. 과거, 면장의
딸이었고 어부를 여럿 거느린 선주이기도 했던 할머니는 노토지마의 역사에 정통
한 사람이다. 할머니는 양친, 조부모 대의 일도 잘 기억하고 있었다. 옛날 노토지
마는 토지 규모와 가정 구성원 수에 따라 쌀을 배급했다. 그래서 외부 사람이 마을

에 들어와도 새로운 토지나 집을 받을 수 없었다. 말하자면 노토지마에서는 공부와 운동을 아무리 잘해 봤자 소용없고, 땅을 가지고 있는 것이 최고였다.

체육교사였던 쓰구코 할머니를 주변 사람들은 '쓴코 선생'이라는 애정 담은 호칭으로 불렀다. 여든이 넘은 지금도 기운 넘치는 활기찬 할머니였다.

"여긴 말이지, 남자의 생각과 의견이 중시되는 남성우월사회야. 여자가 아무리 힘을 써 봤자 앞으로 나아가기가 힘들지. 하지만 다행스럽게도 나는 땅을 갖고 있었기 때문에 그런 차별 따위 힘껏 되받아치며 살았어. 내 맘대로 인생을 살아왔지."

생후 8개월 때 어머니가 돌아가셨다고 했다. 밤낮없이 술을 마시는 아버지와 어부들, 온통 남자 틈바구니에 끼어 쓰구코 할머니는 자신이 어디에 있어야 할지 몰라 괴로웠다고 했다.

"어린아이면서도 최대한 꾀를 내어 살았지. 눈치로 세상살이를 배웠어. 그 덕에 지금까지 씩씩하게 살아올 수 있었던 거지."

고등학교 때에는 투포환 선수로 활약했고 고교선수권 대회에도 몇 번이나 출전했다. 그 후 3학년 때 같은 반 친구였던 지금의 남편과 결혼했다. '고등학교 때부터 사귀었다는 게 뭔가 좋아 보인다'고 하자 할머니는 이렇게 말했다.

"남편? 미안한 말이지만 매가리가 없고 말수도 별로 없는 사람이야."

천진하게 웃고는 말을 이어나갔다.

"하지만 착한 사람이지. '나는 폭탄과 결혼한 것 같다'는 말을 자주 하곤 했어. 참을성이 강하고 사려 깊은 사람이야. 아마도 남편이 참아야 되는 것 중 하나에 내가 들어가 있을지도 모르지."

쓰구코 할머니는 고등학교를 졸업하고 도쿄와 나나오를 오가며 살았다. 노토지마에는 돌아오지 않으려 했다. 그러나 결혼을 하고 결국은 노토지마로 돌아오게됐다.

"힘든 기억이 많은 이 섬에 돌아오기 싫었지만 어쩔 수가 없었어. 노토지마에 사는 동안 도망가자는 생각에 나는 늘 떠날 준비를 하고 살았던 것 같아. 하지만

아무래도 이시바시라는 가문에 쌓여 있는 역사의 무게가 내게 남아 있었던 것 같아. 게다가 떠나려고 할 때마다 이런저런 일들이 길을 막았지. 큰 지진이 나서 집이 부서진다거나, 아버지가 병이 나거나 해서 말이야. 그래서 마음을 바꿔 먹기로 했지. 어차피 떠날 수 없다면 이 섬에서 어떻게 즐겁게 살지 생각하기로 한 거야. 친구와 함께 식당을 해 보기도 하면서 말이지. 하지만 그것도 쉽지는 않았어. 어느 정도 궤도에 오른다 싶었을 때 교통사고를 당했으니까. 위암에 걸리기도 했고. 참 대단한 인생이다, 그런 생각도 했지."

쓰구코 할머니를 만나던 당시 나는 어딘가에 묶인다는 것이 너무 싫었다. 한 곳에 뿌리박고 산다는 건 절대 불가능하다고 생각했다. 무슨 일을 하건 내 안에 에너지가 남아돌았기 때문에 한 곳에 붙박인다면 폭발할 것만 같았다. 그러나 나보다 더 폭발해 버릴 것 같던 젊은 날의 쓰구코 할머니는 노토지마에서 새로운 삶의 방식을 찾았다. 물리적인 속박 따위는 능가해 버릴 정도의 자유로운 마음으로 할머니는 저만의 인생을 걸어갔다. 담백한 어조로 할머니는 이렇게 말했다.

"어려움을 떨쳐내고 앞으로 나가는 것도 또 하나의 재미야. 그리 훌륭하지 않은 환경 속에서 어떻게 살아갈 것인가, 인생은 그런 것이지."

나는 물질이 넘쳐나는 시대에 태어났다. 하지만 지금 내가 가진 것 이상으로 크게 원하는 것도 없다. 내 인생에 조급함은 있을지언정, 현재 상태에 일단은 만족하며 살아가고 있다. 이런 태도는 거품 경제를 경험했던 우리 부모 세대와는 공유하기 어려운 부분도 많다. 그러나 할머니들과는 달랐다. '지금을 받아들인다'는 면에서 어딘가 서로 비슷한 부분이 있고, 그래서 할머니들과는 말이 통하는 경우가 많다. 그러나 할머니 헌팅을 3년간 하면서 알게 된 사실이 하나 있다. 할머니들과 나의 결정적인 차이는 '인생, 그리고 살아간다는 것'에 대한 기백이었다. '어디에 있건, 무슨 일이 있건, 즐긴다는 생각을 놓지 않는다. 착실히 길을 찾아낸다. 그리고 끝끝내 살아간다.' 이런 각오와 기백. 게다가 할머니들은 '아무리 애를 써도 안되고, 그리 흘러갈 수밖에 없는 일도 있다'며 모든 것을 받아들일 수 있는 여유까지 겸비하고 있다. 이 사실을 깨닫고 '어차피 한 번뿐인 인생, 이왕이면 기백 가득한 인생을 살자'는 감정이 끓어올랐다. 서른이 되고서야 비로소, 이제 조금은 진짜 인생을 시작할 수 있을 것만 같았다.

## 풍요를 기원하는 기슈사이 소반

섬 주민 대부분이 어업에 종사하는 노토지마에서는 매년 2월 11일에 '기슈사이'라는 풍어제가 열린다. 그해 첫 조업 날에 여는 잔치로, 풍어의 기원과 함께 자신들의 생활을 풍족하게 해준 것들에 대한 감사의 마음을 표하는 성대한 행사다. 선주는 조업에 나서기 전에 배에 깃발을 펼치고 붉고 흰 축제 떡을 준비한다. 이날 잡은 물고기는 시장에 가져가지 않는다. 다들 모여 먹고 마시고 떠들고 논다. 말하자면 배터지게 먹는 날이다. 최근에는 그렇지 않다고 하나, 예전에는 선주가 어부들을 초대해 1인용 소반에 차린 요리를 아침부터 밤까지 대접했다고 한다.

기슈사이 소반을 만들 때에는 남자들이 주도하고 여자들은 돕기만 한다. 전통 접대 음식인 가이세키 요리가 기본이나, 소반 안의 메뉴 하나하나가 대부분 대구를 이용한 요리로 구성되어 있다.

큰 대구의 가슴살과 작은 대구를 삶아 부서트린 후 물기를 날려 소보로를 만든다. 집마다 가지고 있는 송죽매 모양틀에 초밥용 밥을 눌러 담고 대구 소보로를 얹

난로 위에서 보글보글. 대구 살의 수분을 날려 소보로를 만든다. 기슈사이 소반을 만들면서 대구에 대해서 알게 됐다. 대구는 머리부터 꼬리, 뼈에 이르기까지 버릴 곳 하나 없는 생선이다. 게다가 암수 각각의 부위 별로 맛있게 먹는 법도 따로 있다. 생선을 토막 내 파는 요즘 시대에는 계승되기 어려운 식문화다.

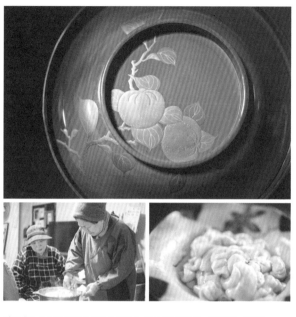

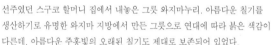

선주였던 스구코 할머니 집에서 내놓은 그릇 와지마누리. 아름다운 칠기를
생산하기로 유명한 와지마 지방에서 만든 그릇으로 연대에 따라 붉은 색감이
다른데, 아름다운 주홍빛의 오래된 칠기도 제대로 보존되어 있었다.

어 오시즈시를 만든다. 뼈를 발라낸 대구 살은 1년 중 그 계절의 가장 차가운 물에
헹궈 살을 탱글하게 만든 다음 대구 알을 듬뿍 올려 회로 먹는다. 머리나 뼈 등은
집에서 담근 미소를 넣어 탕으로 끓이고 파를 넣어 완성.

"잡고 시간이 좀 지난 생선 있잖아? 마트에 파는 생선 같은 것들. 그런 생선은
술 같은 조미료를 먼저 넣고 물이 팔팔 끓어오를 때 넣는 게 좋아. 냄새를 잡아야
하니까. 하지만 오늘처럼 생선이 신선할 때에는 처음부터 물에 넣어 같이 끓이면
좋아. 이렇게 끓이면 생선 살이 입안에서 팍 터지며 춤추지."

대구 머리는 반으로 갈라서 넣는다. 예전에는 전부 남자들 몫이어서 여자들은

142

대구 머리를 먹을 수가 없었다. 이리 수컷 물고기의 생식소 는 일단 회로 먼저 먹고, 가슴지느러미 부분은 구이로 낸다. 술, 간장, 맛술 등으로 간을 한 대구 알에 풀어 놓은 계란을 넣고 살짝 끓인 후 떡 위에 풍성하게 올린다. 여기에 초무침 한 이리를 곁들이면 기슈사이 소반이 완성된다. 대구로 시작해 대구로 끝나는, 그 어디에서도 본 적 없는 진수성찬이 소반에 차려졌다.

gracious host`s homemade paste

자애로움을    듬뿍 담은
홈메이드 페이스트

노이 할머니의
칠리 페이스트

매찬, 태국

## 결혼과 방콕

2016년, 혜성처럼 나타난 멋진 남자와 나는 결혼했다. 그리고 태국에서 창업하고 싶어하는 그와 함께 방콕으로 이주했다. 삽삭스러운 일이있지만, 전혀 새로운 곳에서 무언가를 시작해 봐도 좋겠다고 생각했다.

나를 잘 아는 친구들은 내가 해외로 이주한다는 것보다 내 결혼 소식에 더 놀랐다. 하지만 3년 정도 할머니들을 만나는 동안 나 역시 조금씩 변하고 있었다. '결혼'에 대해 진지하게 생각하게 된 것이다. 그전까지만 해도 내 삶은 결혼과 전혀 무관하다고 생각하며 살았는데 말이다. 할머니들은 나에게 젊은 날의 가슴 찡한 사랑 이야기를 해 줬다. 그중에는 연애 결혼이 아니라 배필이 결정된 상태로 결혼 생활을 시작했으면서도 50년 이상 함께해 온 이야기도 있었다. 그런 이야기를 듣는 동안 나는 이런 생각을 하게 됐다. 결혼 생활이 순조로울지, 그렇지 못할지는 결국 나 자신에게 달려 있는 거라고 말이다. 내가 좋아서 선택한 사람과 결혼 생활이 순조롭지 못하다면 그 누구와 결혼해도 결국은 마찬가지일 것이다. 그렇다면 우리의 삶을 어떻게 만들어

갈 것인가, 이 부분이 다른 무엇보다 훨씬 중요하리라고 생각했다. 그런 생각의 연장선에서 나는 우리의 앞에, 우리가 둘이기에 가능한 세계가 있을 것 같았다. 나는 긴 안목으로 천천히 일궈 가는 삶의 방식을 생각하기로 했다. 그리고 내 생각이 이렇게 바뀌었기 때문에 그 역시 나와의 결혼을 고려할 수 있었으리라.

방콕으로 이주해 세일 처음 찾은 곳은 태국 최북단에 위치한 첸라이였다. 어쩐지 그곳의 문화에 정통해 있을 것 같아 보이는 할머니와 연락을 주고받다가 찾아간 곳이었다. 그런데 실제로 가 보니 내 예상보다 훨씬 더 깊은 시골이라서 깜짝 놀랐다. 할머니 헌팅을 3년이나 하다 보니, 다들 내가 무척 쉽게 할머니를 만날 것이라 생각하겠지만 실은 그렇지도 않다. 아무 근거 없는 정보를 실마리로 움직이기 때문에 새로운 땅의 숙박지에 도착한 첫날이면 늘 이불 속에서 불안해한다. 비행기와 기차를 끝없이 갈아타고 온 것까지는 좋아도, '이런 곳까지 와서 나는 도대체 뭐 하는 걸까?', '어쩐지 헛걸음 한 것 같은데', '아니, 이제 와서 무슨 소리야?' 같이 스스로를 괴롭히는 생각을 하는 경우도 있다.

쌀가루로 만드는 카놈찐

시내에서 한 시간 이상 택시를 타고 후아이 남 락이라는 마을로 갔다. 예전에 '마약 재배 무법지대 골든트라이앵글'로 불리던 미얀마, 라오스, 태국의 접경지역 바로 직전에 위치한 마을이었다. 열대식물이 무성한 마을에 파스텔 색으로 칠한 집들이 늘어서 있었다. 집 안을 슬쩍 들여다볼 때마다 사람들이 친근하게 말을 건넸

다. '배고픈 건 아니냐'며 밥을 주기도 했고 '괜찮으면 자고 가라'며 잠자리까지 마련해 줬다. 근래 보기 드문 좋은 시골이었다. 여기에 일주일 정도 머무르면 내 태국어도 금세 늘 것만 같았다. 몸도 마음도 포동포동 유순해질 게 틀림없었다.

'니'라는 이름의 아주머니가 친구와 지었다는 오두막에 묵기로 했다. 니 아주머니는 영어도 잘했다. 그의 말에 따르면 '이 마을에서는 먹을 것 정도야 손수 해결할 수 있지만 돈을 벌기는 힘들다'고 했다. 그래서 아들들의 교육비를 마련하기 위해 몇 번인가 해외로 돈을 벌러 나간 적이 있다고 말했다. 영어가 능숙한 것도 그 때문이었다.

할머니들에게 요리를 배우다 보면 궁금증을 자극하는 식재료가 몇 개쯤 등장한다. 궁금증을 풀지 못한 채 여행을 계속하다가, 어느 순간 퍼즐 조각이 전부 모이듯 전체 그림이 보이기 시작하는 일이 종종 있다. 이번 여행에서 내 궁금증을 자극한 식재료는 '카놈찐'이었다. 모양은 소면처럼 생겼는데 일본 감주 향이 나는 태국 국수였다. 방콕에서 만난 할머니 요리에도 등장해 계속 호기심을 품고 있던 식재료였다. 그런데 우연히도 이번 여행에서 니 아주머니가 내 궁금증을 풀어 줬다. 30년 동안 카놈찐을 만들었다는 사랑스러운 부부의 면 공장으로 나를 데려다줬기 때문이다.

"마침 어제까지 불교 기념일이어서 쉬다가 오늘부터 가게 문을 열었어요. 딱 맞춰 오셨네요."

그렇게 말하며 부부는 춤추듯 면을 반죽하기 시작했다. 쌀가루와 물을 휘휘 섞어서 자루에 넣고는 누름돌로 눌러뒀다. 조금씩 돌의 위치를 바꿔 가며 4~5일 동안 발효시킨다고 했다. 감주 향의 정체는 발효였던 것이다. 발효가 끝나면 반죽을 한 시간 정도 찐다. 그리고는 잘 섞어서 수분을 뺀 뒤 다시 치댄다. 완성한 반죽을 국수틀에 넣고 꾹 눌러 펄펄 끓는 물속에서 삶아 내면 완성! 장작 대신 쌀겨로 물을 끓이는 게 흥미로웠다.

국수틀로 면을 뽑을 때, 1에서 10까지 열일곱 번을 세면 한 번 삶기에 적당한 양이라고 했다. 3분 정도 삶은 면을 건진 후 냉수에 번갈아 헹궈 급속도로 식히는

역할은 아내의 몫이었다. 부부는 화학 첨가물을 전혀 넣지 않고 면을 만들었다. 점점 그 수가 적어지고 있는 이런 작은 공장이기에 가능한 일이지 싶었다. 마을 아이들은 이 면에 넘플라 <sup>생선 내장으로 만든 태국식 젓갈</sup> 를 뿌려 간식으로 먹는다고 했다.

## 가족, 요리, 결혼

면을 산 후 노이 할머니 집으로 향했다. 노이 할머니는 니 아주머니에게 어머니나 다름없는 분이라고 했다. 할머니 집 뒷마당에는 보물 같은 정원이 있었다. 정원에는 다양한 과일과 채소, 허브가 무성했고, 요리는 밖에서 장작불을 피워서 했다. 선망하는 생활을 하고 있는 할머니를 보니 기분이 순식간에 들떴다. 이 마을 사람들을 잘 부탁한다며 만들어 준 몇 번째인가의 밥을 앞에 두고 할머니의 옛날이야기를 들었다.

다섯 형제 중 맏이였던 노이 할머니는 막내를 낳다가 시력을 잃고 만 어머니를 대신해 동생들을 보살폈다.

"밥 같은 거야 그때부터 이미 뭐든 만들었지. 그런데 너무 바빠서 열 살 때 학교를 그만둘 수밖에 없었어. 주변 사람들이 집안일을 도와 줄 남자친구를 만들면 어떻겠냐고 할 정도였지."

노이 할머니는 장렬한 인생 여정을 담담히 말하며 활짝 웃었다. 할머니는 열일곱에 결혼했다.

"사실 나는 일찍 결혼할 생각은 없었는데 너무 가난했고 빚도 있었거든. 그럼에도 할아버지와 결혼해서 참 좋았어. 동생들도 함께 보살펴 줬고, 다정했거든. 그 당시 '나랑 결혼하자'던 부자가 있었는데, 지나고 보니 폭군 같은 성격에 의외로 짠돌이더라고. 이 사람과 결혼해서 얼마나 다행인지 몰라."

할머니는 건너편에서 불을 피우고 있던 할아버지를 보고 빙긋 웃었다. 그런 이야기를 듣다가 문득 실내에 있는 주방에 시선이 멈췄다. 거의 쓰지 않은, 깨끗한 주방이었다. 할머니의 설명은 이러했다.

"바깥 주방이 너무 낡았다고 딸이 선물해 준 주방이야. 그런데 가스식이어서

통통, 흥겹게 칠리 페이스트를 만드는 노이 할머니. 그 뒤로 호쾌한 불길로 쌀을 볶고 있는 할아버지의 모습이 보인다. 나중에 할아버지는 '불이 너무 세서 쌀을 태워먹었다'며 할머니에게 애교 섞인 타박을 받았다.

그런지 실내에서 요리하면 어쩐지 맛이 안 나더라고."

　아, 할머니들은 늘 이렇다. 지금 우리 세대의 선택지나 상식에서는 나올 수 없는, 그들만의 맛의 기준이 각자에게 있다.

### 계속 손이 가는 칠리 페이스트
노이 할머니에게 '갱케'라는 이름의 매콤한 스튜를 배웠다. 칠리고추 마흔 개, 마늘 여섯 톨, 잘게 다진 레몬그라스 두 줄기, 얇게 저민 카<sup>태국 생강</sup> 일곱 조각, 강황 줄기 3센티미터, 샬롯<sup>서양 양파</sup> 네 개, 말린 낫토 한 숟가락 반, 새우 페이스트 한 숟가락을 돌절구에 넣어 빻는다.

　약간 질기지만 맛은 좋은 이 고장 토종닭을 손질해 만드는 요리인데, 뱃속 내장을 물로 씻어 내려던 찰나 할머니 손에서 간이 스르륵 미끄러지더니 정원에 툭

떨어졌다. 그걸 본 할아버지가 할머니 곁으로 오더니 웃는 얼굴로 할머니를 타박했다.

　"크기는 어느 정도야? 나 간 좋아하는데 물에 흘려 버렸으니 원."

　그리고는 함께 주변을 기웃대며 간을 찾기 시작했다. 그 귀여운 두 사람의 뒷모습을 보며 '중얼중얼 투덜거리는 모습마저 사랑스럽다'며 니 아주머니와 함께 웃었다. 누군가와 생활을 함께 꾸려 간다는 것, 오랜 시간 관계를 쌓는다는 건 이

노이 할머니의 칠리 페이스트는 칠리를 통째로 넣어 찧기 때문에 날카롭고
강한 매운 맛이 난다. 다른 할머니가 만든 칠리 페이스트도 먹어 봤는데,
씨를 다 뺀 칠리로 만들었기 때문에 같은 재료임에도 불구하고 맛의 인상이
달랐다. 이 또한 재밌는 점이다.

런 것이구나. 이런 조그마한, 그리고 혼자로는 불가능한 몸짓, 반응을 쌓아 가며
즐기는 것이라고, 어쩐지 묘하게 납득하게 됐다.

　완성된 페이스트를 냄비에 볶다가 토막 낸 닭 한 마리를 머리까지 반으로 잘라
서 넣고 물과 함께 끓인다. 할머니는 돌절구에 물을 붓고는 벽에 붙은 양념을 싹싹
긁어냈다. "들러붙어 있는 마지막 부분이 가장 맛있다"고 했다. 늘 생각하는 거지
만, 이런 사소한 말과 자세야말로 맛있는 음식을 만들어 내는 비법이구나 싶다.

고기가 부드러워지면 밭에서 갓 뽑아 온 채소를 넣고, 간장, 넘플라로 간을 맞춘다. 마지막으로 할아버지가 너무 강한 불에 볶는 바람에 냄비에 눌러 붙어 할머니에게 잔소리를 들은 쌀을 갈아 넣어 약간 걸쭉하게 끓이면 완성. 불교 기념일에는 반드시 만드는 요리라고 했다. 바나나 잎으로 싸서 부처님께 올리는 것이 이 고장의 풍습이다.

먹을 때는 찹쌀밥을 꾹 눌러 쥐고 갱케에 콕콕 찍어 먹는 것이 본토 방식이다. 약간 매콤하지만 몸에 진하게 스며드는 게 계속 손이 가는 맛이었다.

"역시 할머니가 만든 칠리 페이스트가 최고야."

칠리 페이스트에 대한 주변 사람들의 공통된 평이다. 그래서 노이 할머니는 칠리 페이스트를 만들 때마다 자식들과 손자들 것까지 넉넉하게 만든다.

cook for someone you love

좋아하는    사람을 위해
만드는 요리

마리니 할머니의
카놈찐 남야

방콕, 태국

배낭여행족부터 리조트 애호가, 쇼핑 마니아, 유적 애호가, 식도락가, 성소수자에
이르기까지, 다양한 사람들을 사로잡는 나라 태국. 전 세계를 두고 봤을 때도 태국
은 참 특이한 곳이다.

손님에세 내놓을 요리를 해야 할 때에는 조금은 세련된 시장으로 재료를 사리
간다. 위생 때문이다. 하지만 개인적으로는 개구리가 튀어나오고 닭이 산 채로 퍼
덕거리며 팔리고 있는, 사람도 재료도 생명력 넘치는 빈민가 재래시장 쪽이 더 좋
다. 우선은 살아 있다는 느낌이 들어서 좋고, 좋든 나쁘든 '먹는다'는 행위가 지닌
야만성을 숨기려 들지 않는다는 점도 좋다.

태국의 수도 방콕은 꽤 넓다. 위치가 어디냐에 따라서 살고 있는 사람의 분위
기도 완전히 다르다. 외국인으로 늘 북적대는 방콕이지만 중심부에서 20분 정도
차를 달리면 거의 원주민밖에 없는 지역을 돌아볼 수 있다. 거기서 한 할머니를 만
났다. 동화 속 세계에 발을 디딘 건 아닐까? 어느 순간 그렇게 착각할 정도로 신비
로운 분위기를 지닌 할머니였다.

80세의 마리니 할머니는 '어느 나라 사람이라고 해도 믿을 것 같은' 신비로운
외모였다. 태국인 어머니와 영국인 아버지의 피가 절묘하게 섞였기 때문이다. 게
다가 옆에 있던 손녀는 태국, 영국, 중국의 피가 섞였다고 했다.

지금까지도 할머니는 아홉 명의 가족을 위해 매일 세끼 밥을 짓는다. '하우스
와이프 칼리지'에서 요리를 배운 유능한 주부였고, 유치원과 초등학교에서 교사로
일하기도 했다. 손녀가 "이거 좀 보라"며 가지고 온 것은 할머니의 레시피 노트.
학교에서 요리를 배우던 시절, 할머니가 기록해 둔 레시피라고 했다. 성실함과 꼼
꼼함이 자연스레 드러나는 예술적인 노트였다. "서둘러 적은 메모라서 글씨가 예
쁘지 않다"고 하는 할머니에게 휘갈겨 쓴 내 메모장은 절대 보여 줄 수 없을 것 같
았다.

할머니와 내가 이야기에 열중하고 있는 동안 할아버지는 정원에서 평화로운
시간을 보내고 있었다. 정원은 완전히 새들의 천국이었다. 동물을 좋아하는 할아

도심부 방콕은 도쿄와 헷갈릴 정도로 발전했다.
양극화로 사회격차가 극심하게 벌어지고 있는 건
방콕도 마찬가지다. 슬럼 같은 동네, 혼잡한 시골
장터가 지금까지도 많이 남아 있다.

159

버지 때문이었다. 새들에게 밥과 물을 챙겨 주고, 다쳐 날지 못하는 새가 있으면 치료해 준다고 했다. 할아버지는 사납던 유기견들도 길들였다. 지금은 정원에서 개 네 마리를 키우고 있다. 할아버지에게 할머니와 처음 만난 순간에 대해 물었다. 그러자 부끄러웠던 모양인지 '기억이 안 난다'며 딴 곳으로 가 버렸다. 할머니가 말했다.

"아는 사람 중에 군인인 친구가 있었어. 어느 날 그 친구가 나를 직장에 데려 갔는데, 거기서 저 사람을 처음 만났지. 저 사람도 군인이었거든. 정말 멋진 남자였지. 그때부터 편지를 주고받기 시작했어."

명문 대학에서 법학과 프랑스어를 공부한 할아버지는 요리를 하면서도 책을 손에서 놓지 않을 정도로 근면한 사람이었다. 그런 그와 연애편지로 사랑을 키웠고 결혼식을 올렸다. 할머니가 스물아홉이 되던 해였다. 부부는 지금까지도 무척 사이가 좋다.

할머니의 고향은 태국의 남쪽 도시 트랑이다.

"어렸을 때, 빗속에서 정글 같은 밭을 탐험한 적이 있었어. 이렇게나 큰 나무 밑동에 물웅덩이가 생겼는데, 거기 들어가서는 나무에 몸을 기댄 채 편안히 누웠던 적이 있지. 그게 내 인생에서 가장 큰 추억 중 하나야. 다음에 기회가 되면 내 고향 남쪽에 데려가 줄게!"

할머니들과 있다 보면 일상의 설렘을 재발견하는 경우가 많다. 막연했던 불안이 걷히고 안도감이 내 몸을 감싸는 경우도 있다. 그러나 할머니와 나의 시간이 두 번 다시 찾아오지 않을 것 같아 애틋한 심정이 될 때도 종종 있다. 동화 속 덧없는 이야기처럼 말이다.

## 매콤함 속 퍼지는 신선함, 카놈찐 남야

할머니 고향을 대표하는 요리 중에 '카놈찐 남야'라는 요리가 있다. 발효 쌀국수에 생선 국물을 끼얹어 먹는 면 요리다. 카놈찐 남야를 만들려면 일단은 돌절구로 페이스트부터 만들어야 한다. 여러 향신료를 율동적으로 빻아 만든 페이스트는 역시

맛이며 향이며 확실히 다르다. 돌절구로 만들면 어쩐지 훨씬 더 멋진 맛이 나는 것 같다.

할머니는 돌절구에 양파 세 개, 마늘 한 쪽, 레몬그라스 두 줄기, 후추, 카, 캐퍼라임 껍질, 강황, 칠리 서른 개, 소금, 새우 페이스트를 넣고 30분 정도 빻으며 으깼다.

"시간이 지나도 괜찮긴 하지만, 바로 만들어 신선할 때가 역시 최고지."

할머니는 신선함을 강조했지만 이렇게 만든 칠리 페이스트는 보존도 가능하다. 그렇기 때문에 잔뜩 만들어 두면 갑작스런 손님이 왔을 때 재빨리 대응할 수 있다.

흰살 생선을 삶아 만든 육수 한 컵에 코코넛 밀크 700밀리리터를 섞고 캐퍼라

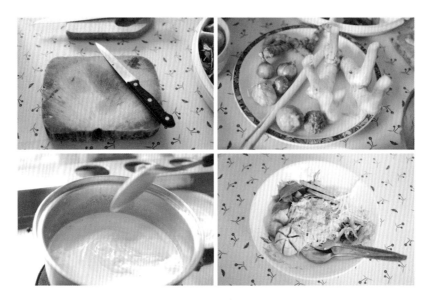

'역시나 태국 남부 요리는 매콤하구나. 칠리 서른 개가 들어갔으니 말 다했지.' 이렇게 생각하고 있는데 옆에서 맛을 보던 할머니가 "앗, 너무 맵게 됐네" 하시기에 웃음이 터졌다.

임 이파리를 넣은 다음 가스 불을 켠다. 수프를 데우는 동안 생선 살을 전부 발라 돌절구에 빻는다. 수프가 끓기 시작하면 페이스트를 잘 풀어 가며 넣는다. 부글부글 끓어오르면 코코넛설탕, 소금, 넘플라로 간을 맞추고 부드럽게 으깬 생선 살을 전부 넣고 잘 섞어서 완성. 완성한 요리를 눈으로 봐서는 생선이 들어갔는지 알아채기 힘들다.

삶아 건진 쌀국수에 수프를 끼얹고 생채소와 배추절임을 곁들여 먹는다. 감주 향이 나는 면과 제법 매콤한 수프, 신선한 채소가 입 안에서 상쾌하게 만나는 게, 진짜 맛있다.

"아내가 만드는 건 뭐든 맛있지. 그리고 자기가 만들고 싶은 걸 즐겁게 만드는 모습이 참 보기 좋아."

162

　수줍어하며 말하는 할아버지를 보면서 어느 시대, 어느 나라에서건 통용되는 맛의 비결이 무언지 알 것만 같았다. 좋아하는 사람을 위해, 좋아하는 것을 즐겁게 만드는 것. 이것이야말로 제일가는 맛의 비결이리라.

　나는 스스로를 위해 요리했던 적이 전혀 없다. 누군가를 대접할 때 외에는 전부 외식만 했다. 하지만 역시나 최고의 밥은 손수 만들어 가족과 함께 먹는 집밥이다. 마리니 할머니와 만난 이후 내 생활이 달라졌다. 손님 접대를 위한 요리가 아닌, 나와 남편을 위한 요리를 만들기 시작했기 때문이다. 그리고 어느새 할머니에게 배운 레시피들이 내 것으로 뿌리내리기 시작했다. 참으로 수수하면서도 안정감이 느껴지는 요리들. 그런 요리를 만들 수 있게 되었다니, 나 스스로도 놀랍고 기쁜 일이다.

집을 떠날 때, 잔뜩 까치발을 한 마리니 할머니가 높은
곳에 핀 신비로운 꽃을 꺾어 주셨다. 해가 지면 향이
짙어진다고 했다. 집으로 돌아와 즐거웠던 여운에 파묻혀
있던 저녁, 바나나 향료 같은 냄새가 집안에 떠다니기
시작했다. 금방이라도 향이 사라질 것 같아, 급히 꽃에
코를 갖다 댔다. 기억에 담아 두고 싶었기 때문이다.

# chapter 5

# 여행, 때때로 마주친
# 할머니의 맛

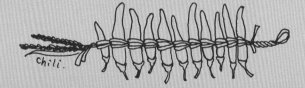

Alicia's paella in Barcelona

# 바르셀로나,
# 알리시아 할머니의 파에야

예술의 도시 바르셀로나는 스페인에서도 특히나 더 세련된 도시다. 지난 10월, 마드리드에서 나고 자란 83세의 알리시아 할머니를 만난 곳도 바르셀로나였다.

스페인 음식이라고 하면 파에야가 대표로 떠오른다. 하지만 일본인이 초밥을 매일 먹지 않듯 스페인에서도 매일같이 파에야를 먹지는 않는다. 심지어 집에서 만드는 일도 거의 없다.

요리를 좋아하고 직장 일도 척척 해냈다던 야무진 알리시아 할머니가 파에야 만드는 모습을 지켜봤다. 파에야의 본고장 발렌시아에서 배웠다는 할머니의 조리법을 따라가다 보니 스페인 가정에서 파에야를 좀처럼 만들지 않는다는 이유가 너

168

무 쉽게 이해됐다.

"와인 한잔하며 요리하자"며 할머니는 내게 와인부터 건넸다. 정말이지 활기 넘치는 사람이다. 음식을 만들어 대접하는 것, 다른 사람과 이야기하는 것을 좋아 한다는 알리시아 할머니는 여러 예술 작품으로 장식한 집에서 살고 있다. 그중에 는 딸이 그린 멋진 그림도 있었다.

"예전에는 수십 명이나 불러 요리를 해먹이기도 했지. 하지만 요새는 나이가 나이인지라 잘 안 하게 돼. 허리 상태도 별로고."

그런 말을 하며 알리시아 할머니는 척척 손을 놀려 안주를 만들었다. 화이트와 인을 넣은 홍합찜이었다. 주방에서 마시는 와인 맛은 역시나 최고였다.

그날의 주제였던 파에야는 어려운 요리는 아니었다. 하지만 다양한 재료가 필 요하고 재료가 많은 만큼 손이 많이 가는 요리다. 재료 준비가 끝나면 일단 닭고

기부터 볶는다. 뼈를 발라내지 않은 닭고기에 소금을 치고 마늘 향을 입혀 올리브 오일에 볶는다. 고기 표면이 슬슬 노르스름하게 익으면 펄펄 끓는 물에 함께 끓인다. 돼지고기, 오징어, 바지락, 홍합, 아귀도 같은 과정을 거쳐 함께 끓인다. 이 과정을 마치고 나면 펄펄 끓는 냄비 속은 온갖 재료로 한가득! 거기에 이탈리안 파슬리를 넣고 진한 육수가 우러날 때까지 바늘바늘 끓인다. 육수를 내는 동안 주방은 행복의 향기로 가득 찬다. 육수가 우러나면 재료는 그대로 두고 국물만 떠서 파에야 팬에 옮긴다. 월계수 잎을 넣어 향을 더한 후 미니 절구로 빻은 소금과 샤프란을 넣는다. 미니 절구는 스페인 주방에서 없어서는 안 되는 조리 도구다. 알리시아 할머니가 쓰는 미니 절구는 프랑스 제품으로 선대 때부터 대를 이어 쓰고 있는 물건이라고 했다. 그리고 이제 쌀을 씻어 넣는데, 여기서 중요한 점은 파에야 팬에 한 줄로 잽싸게 부어 주는 것이라고 했다. 쌀을 전체적으로 팬에 넣으려다 보면 팬에 쌀이 너무 많이 들어가 버리는 일이 허다하기 때문이다. 그래서 쌀을 넣을 때는 한 줄을 그리며 넣어 주는 것이라고 했다. 그리고는 전체적으로 쌀을 펼쳐 준다. 냄비 속의 건더기도 건져 넣고 팬을 흔들어 가며 조금씩 육수를 더해 볶는다. 볶을 때는 팬을 흔들며 섞는다. 주걱 사용 금지! 마지막으로 살짝 익힌 새우와 홍합을 토핑으로 올리면 완성.

그러니까 그 많은 재료가 거의 육수만을 위해 존재하는 셈이다. 파에야가 완성되는 놀라우리만치 사치스러운 과정을 목격하다 보니 사람들을 사로잡는 파에야의 당당한 품격이 한층 더 돋보이는 듯했다. 파에야는 사람이 잔뜩 모인 최고로 경사스러운 날, 가슴을 펴고 자신 있게 내놓기에 잘 어울리는 음식이다.

# 기후, 아사노 할머니의 장례식 우동

늘 어렴풋이 품고 있던 생각이 확신으로 바뀌던 날의 일을 아직도 잊을 수가 없다. 아사노 할머니를 만나고 '할머니의 레시피는 재미있을 수밖에 없다'고 확신할 수 있었다. 당시 나는 할머니들과 어떤 거리에서 어떻게 관계를 맺어야 할지 확신이 없었다. 할머니들의 사랑스러움에 끌린다는 점에서 달랐다고는 해도, 어쩌면 다른 이들과 다를 바 없는 시각으로 할머니들을 보고 있었을지도 모른다. 할머니들은 '어딘가 약하고 도와줘야 할 존재'라고 말이다.

그러던 어느 날, 스즈키 아사노 할머니로부터 강렬한 카운터펀치를 맞았다. 이타도리무라는 아름다운 개천이 흐르고 마을의 99퍼센트가 산지로 이루어진 기후 현 서북부에 위치한 산골 마을이다. 이곳에서 만난 아사노 할머니 앞에 앉아 뭔가 멋진 이야기, 근사한 레시피가 등장하기를 기대하며 이런저런 이야기를 물어보기

아사노 할머니 집에는 아들이
손수 만든 노천온천, 바비큐 공간,
그리고 손님들이 화덕에 둘러 앉아
밥을 먹을 수 있는 별채도 있다.

시작했다. 그러나 '아무 것도 없는 이런 산골에 특별할 건 없다'는 대답만이 돌아
왔다. '전쟁 때는 어땠냐'며 뭔가 힘들었던 이야기가 고개를 내밀 법한 소재의 문
을 두드려 보아도 마찬가지였다. 할머니는 일축했다.

"여긴 사람도 별로 안 사는데 뭘. 이런 산골에 폭탄이 떨어질 리가 있나. 오히
려 여긴 피난처였어."

그렇구나. 그 말을 듣고 보니 정말 그랬을 것 같았다. 그럼에도 뭔가 있지 않
을까 싶어 할머니의 아들까지 껴서 이래저래 대화를 이어나갔다. 그러던 중 마을
에 '장례식 우동'이라는 게 존재한다는 것을 알게 됐다.

이 주변 지역에서는 자기 먹을 것은 자기 손으로 만든다. 아니면 누군가 자연
에서 채취해 온 것을 취하는 것이 기본 방식이다. 마트에 가려면 시내까지 나가야
한다. 그래도 일상생활에 불편함은 없다. 그러나 산골 마을이라는 지리의 특성으
로 장례는 집에서 치를 수밖에 없고 마을 곳곳에서 모여드는 사람들의 식사 또한
집에서 준비하지 않으면 안 된다. 그런데 눈이 잔뜩 쌓여 시내까지 나가기 곤란한

172

겨울에 장례를 치러야 한다면? 식재료 조달부터가 보통 일이 아니다. 그래서 할머니가 사는 마을에서는 계절에 상관없이 언제든 준비할 수 있는 장례식 음식이 필요했다. 그래서 탄생한 것이 이타도리무라의 '장례식 우동'이다.

이유는 모르겠지만, 이 지역 거의 모든 집에서 땅콩을 키운다. 직접 재배한 땅콩을 막자사발에 드륵드륵 갈아 페이스트로 만든다. 거기에 다시마 육수를 넣어 적당한 농도로 희석한 다음 간장, 설탕 등으로 간을 맞추면 끝. 이렇게 만든 땅콩 양념장에 우동을 적셔 먹는 것이 바로 이 지역의 장례식 우동이다. 어딘가 깔끔하고 멋들어진 음식이다.

뭔가 비법이 있지 않을까 싶어 요리하는 걸 지켜보고 있는 내게 다짜고짜 할머니는 간장을 넣으라고 했다. 분량을 몰라 "간장을 얼마나 넣어야 해요?"라고 물어보니 "뭐야? 그런 것도 몰라?" 하며 시원시원, 편하게 나를 대했다. 손자가 슬쩍 말하기를 여든다섯이 된 아사노 할머니는 동네 할머니들과 모여 밤늦도록 수다를 떨다가 그 자세 그대로 고타쓰 밑에서 잠이 들고는 한다고 했다. 마치 여고생들 같은 느낌으로 이웃들과 어울려 산다고 말이다.

아사노 할머니도 마찬가지지만, 할머니들은 보통 오랜 세월 농사를 지었고 그 속에서 온갖 작업을 경험했다. 미소 된장 정도야 뚝딱 만들어 내고, 뭐든 다 잘한다. 나보다 몇십 배는 더 많은 경험과 지혜를 쌓아 온 할머니들. 어쩐지 약해 보이고, 어쩐지 인생이 아슬아슬한 쪽은 그들이 아니라 나였다. 그러므로 모르는 것을 배우려 품에 뛰어드는 손녀처럼 다가가야 한다. 그래야만 본래 할머니들이 가지고 있는 참모습과 장점을 알 수 있다.

아사노 할머니와 만나, 무언가를 끌어내려다가 허탕만 치는 대화 속에서 문득 깨달았다. 나는 방향을 잘못 잡고 있었다. 억지로 끌어낸다고 내가 기대하는 할머니의 진짜 모습이나 고생담, 그러니까 '무언가 도움 되는 이야기'를 얻을 수 있는 게 아니었다. 그들처럼 나이를 먹으면 쓸데없이 남의 눈을 신경 쓰지 않게 된다. 부질없는 욕구도 떨어져 나간다. 아이와도 같은, 자연에 가까운 존재가 된다. 바로 그런 모습에 내가 끌리고 있다는 것을 아사노 할머니를 통해 확연히 알게 됐다.

# 쇼도시마,
# 기요코 할머니의 팔삭 디저트

내가 해 오던 것들이 일로 연결되기 시작할 무렵, 매달 쇼도시마의 멋진 생산자들과 만나 그들의 이야기를 지면으로 소개하는 일을 하게 됐다. 쇼도시마는 예전부터 좋아하던 섬이다. 그렇게 쇼도시마를 오가던 어느 날, 합성보존료를 전혀 쓰지 않고 쓰쿠다니 간장과 설탕을 기본으로 물기 없이 조려 낸 반찬의 총칭 를 만드는 '쇼도시마 식품'에 취재 차 들렀다가 재밌는 이야기를 들었다. 산나물이건 버섯이건 다카하시 기요코 할머니가 요리하면 맛이 각별해지기 때문에 자신이 뜯은 산나물은 반드시 할머니에게만 가지고 간다는 이야기였다. 쇼도시마 식품의 구루시마 씨에게 들은 이야기였다. 맛있는 것을 만드는 사람이 신뢰하는 사람이라면 고민할 필요도 없었다. 곧바로 할머니를 소개 받았다.

다카하시 기요코 할머니의 집은 쇼도시마 식품에서 그리 멀지 않은 곳에 있다. 아담하고 깔끔한 집이었다.

"어머, 어서 와요."

기요코 할머니가 현관에서 반갑게 맞아 줬다. 올해 83세, 생기발랄하고 도회적인 분위기의 할머니였다. 집 안으로 들어가 이야기를 나누기 시작했다. 그러던 중 불쑥 아이패드를 들고 와서는 사진을 보여 줬다. 얼마 전 다녀온 여행 사진이었다. 한 달 반 동안 뉴욕에 사는 손자 집에 다녀왔다고 했다. '손자와는 라인 어플로 연락한다'고 말하는 모습이 무척이나 자연스러웠다.

"아무래도 나는 농사와는 맞지 않나 봐. 뭘 심어도 잘 키우지를 못하거든. 그런데 팔삭 <sup>귤의 한 종류</sup> 만은 매년 잘 돼. 정원에 팔삭나무가 한 그루 있거든."

하지만 그대로 먹기에 팔삭 열매는 약간 쓰다고 했다. 이웃집들도 마찬가지였다. 주렁주렁 팔삭은 잘도 열렸지만 특유의 쓴맛 탓에 늘 처치곤란이었다. 어떻게

든 맛있게 먹을 수 있는 방법은 없을까, 주변의 고민을 들은 기요코 할머니는 디저트를 고안해 냈다. 팔삭의 과육에 소다를 뿌려 쓴맛을 조금 뺀 뒤 매년 직접 담그는 매실주와 약간의 설탕을 넣어 반나절 정도 그대로 둔다. 차갑게 해서 먹으면 맛이 좋다고 했다.

"이웃들에게 나눠 주니 나들 평가가 좋았어. 팔삭은 이렇게 믹는 게 제일 맛있다고들 그러더라고."

할머니는 기쁜 얼굴로 이렇게 말했다. 그리고 그 표정에 약간의 자랑스러움도 묻어 있었다.

기요코 할머니는 요리 솜씨가 좋다. 그래서 이웃들의 채소나 산나물이 할머니 집에 속속 모여든다. 그럴 때마다 할머니는 나눠 받은 재료로 맛있게 요리해 다시 이웃들과 나눈다고 했다. 기요코 할머니는 자신의 수제 레시피를 깨끗하게 입력해 컴퓨터 파일로 관리한다. 디지털카메라로 찍은 사진까지 곁들어 '할머니의 레시피'로 떠올리는 고정관념을 완전히 뒤집었다. 기요코 할머니는 자신의 레시피를 이용해 부정기 요리 교실을 연다. 정통 일식은 물론, 여행지에서 받은 영감으로 할머니가 고안한 창작요리까지 즐길 수 있는 수업이라고 주변에서 호평이 자자하다.

뭐랄까, 마치 동년배 여자 친구와 만나듯 기요코 할머니와 가까워진 나는, 그 후에도 몇 번이고 할머니를 찾았다. 이웃 할머니들을 초대해 다 같이 연애담을 나누기도 했다.

"젊었을 때에는 오사카나 고베로 자주 나갔지. 쇼도시마를 떠나고 싶었어. 하지만 부모님의 바람 때문에 섬에 남았지. 남편과는 학교를 같이 다녔어. 결혼할 상대가 없으면 내가 결혼해 주겠다고 농담을 했었는데 정말 그렇게 되었지 뭐야."

할머니는 장난꾸러기처럼 웃었다. 기요코 할머니와는 세대를 뛰어넘어 무슨 이야기든 신나게 함께 떠들 수 있다. 보통 떠올리는 할머니의 고정관념에서 벗어나 있는 기요코 할머니. 나는 그런 할머니에게 늘 좋은 기운을 받고 다시 도시로 돌아온다.

# 다카마쓰, 요시코 할머니의 닭꼬치

진정한 아름다움은 강인함에서 나온다. 카운터에 자리가 여덟 개밖에 없는 작은 닭꼬치 가게에서 말문이 막히고, 눈물을 흘리게 될 줄은 몰랐다.

올봄, 전설적인 닭꼬치 가게 '나기사'의 소문을 들었다. 다카마쓰 시에서 알 만한 사람은 다 안다는 닭꼬치 가게였다. 그 소문을 좇아 나기사를 찾았다가 뜻밖의 충격을 받았다. 그 이후 다카마쓰에 갈 때마다 나기사를 찾는다.

나기사의 주인 요시코 할머니는 올해로 92세다. 도쿄 메구로 출신으로, 50대 때 다카마쓰로 이주해 혼자 닭꼬치 가게를 열었다고 했다. 그날부터 지금까지 나기사는 늘 연중무휴다. 저녁 5시에 문을 열고 다음 날 아침 6시에 문을 닫는다.

"아침 9시까지 손님이 있을 때도 많아. 매일 가게 문을 열지만 손님이 한 명도 안 온 날은 35년 동안 단 하루도 없었지. 감사한 일이야."

그렇게 말하며 할머니는 웃었다. 젊은 시절 할머니는 다재다능했다. 일본무용은 학생들을 가르칠 정도였고, 탁구는 전국대회에 출전할 정도였다. 여배우로 오해 받을 정도로 미모까지 출중했다. 그런 할머니가 닭꼬치 집을 혼자 꾸리기까지는 영화 한 편 찍을 정도의 장대한 인생 역정이 있었다.

"물장사를 시작했던 건 어쩔 수 없는 선택이었어. 결혼 직후 남편 직장 때문에 하카타로 이사했는데, 거기서 사기를 당했거든."

그렇게 마담이 된 할머니는 그 지역에서 논다 하는 사람이라면 모르는 이가 없을 정도로 술장사를 크게 키웠다.

"하지만 그것도 잠시 뿐이었어. 어떤 사건에 휘말리면서 접을 수밖에 없었거든. 결국 도망치듯 다카마쓰까지 오게 됐지. 경찰, 변호사, 그리고 야쿠자들에게도 도움을 많이 받았어. 구체적인 내용까지는 말할 수 없지만 말이야."

할머니의 얼굴에 의미심장한 미소가 번졌다.

"그럼에도 어떻게든 지금까지 잘 극복했지. 다카마쓰에 처음 왔을 때, 수중에 고작 360엔밖에 없었거든."

그렇게 다카마쓰에 흘러 들어온 할머니는 다카마쓰 시에서 관리하던 지금의 가게가 빈다는 말을 듣고 승계 형식으로 장사를 시작했다.

"젊은 여자 한 명이 가게를 하고 있었는데, '아, 저 아이가 할 수 있다면 나도 할 수 있겠다' 싶더라고. 그래서 예전에 춤을 가르치던 아이들에게 200만 엔을 빌려서 가게를 시작했어. 이런 조그만 가게인데도 하루에 50~60명씩 손님이 찾아왔어. 그래서 2년 만에 그 빚을 전부 갚을 수 있었지. 빌린 돈을 두 배로 돌려줬고 말이야. 아무리 힘든 일이 있어도 훌쩍거리지 않았어. 남편과 아이들한테도 이런 이야기는 별로 한 적이 없고."

지금도 매일 다양한 사람들이 요시노 할머니의 가게로 찾아온다. 좋은 사람도 많았지만, 아이를 안고 와서는 돈을 빌려 달라고 울며 매달리는 사람, 연대보증인

이 되어 달라는 사람 등도 끝없이 찾아왔다고 했다. 정신을 차리고 보니 보증으로 떠안은 빚만 2000만 엔이었다.

"작년에 드디어 그 빚을 다 갚았어. 내게 돈을 빌려간 사람 중에는 도망간 사람도 있고 죽어 버린 사람도 있어. 하지만 내가 다 동의하고 보증을 서 줬으니까. 어쩔 수 없는 일이라고 생각해."

전쟁 중에는 도쿄의 히가시나가노에 살았다고 했다.

"아마 3개월 정도 공습이 계속됐을 거야. 매일 밖에 한 발짝도 나갈 수 없는 날들이었지. 방공호 안은 쪄 죽을 것같이 덥지, 신주쿠에는 시체가 산처럼 쌓였지, 그런 걸 실제로 보다니, 너희 세대는 정말 행복한 거야. 전쟁 같은 거, 절대로 해서는 안 돼."

게다가 전쟁 통에 화마로 집은 네 번이나 불타 버렸다.

"그때 함께 도망쳤던 사람은 정신이 이상해지고 말았어. 결국 아이를 남기고 자살해 버렸지. 군수 물품 공장에서 공장장을 하던 아버지는 매일 넋을 놓고 살았고. 그걸 보고 생각했어. 누구에게 의지할 생각 말고 내가 정신을 차려야 한다. 살아남아야 한다고 말이야."

자기 먹을 것은 물론, 남에게도 밥 한 번 해 준 적이 없던 할머니는 그날 이후부터 뭐든 스스로 만들기 시작했다. 요시코 할머니가 만든 닭꼬치와 닭고기 전골은 그야말로 일품이다. 누카즈케 <sub></sub>무나 오이 같은 채소를 쌀겨와 된장으로 덮어 만든 저장식품. 일종의 된장 장아찌 만 해도 그걸 만들어 파는 사람들이 찾아와 비법을 가르쳐 달라고 할 만큼 솜씨가 좋다. 요시코 할머니의 딸은 20년 넘게 미국에서 살고 있다. 손자도 이제 다 커서 미국의 일류대학을 졸업하고 다방면에서 활약하고 있다.

"미국에 있는 손자가 훌륭하게 잘 컸어. 내가 이런 장사를 하고 있어도 그 아이는 '전 세계를 아무리 뒤져 봐도 할머니가 제일 좋다'고 그래. 그런 말 들으면 얼마나 기쁜지 몰라."

이렇게 말하며 할머니는 얼굴에 주름이 잡히도록 활짝 웃었다.

나기사는 35년 동안 연중무휴로 영업 중이다. 그런데 딱 한 번, 요시코 할머니가 입원한 적이 있었다. 그때는 주변의 친한 주방장들과 요리사들이 교대로 나기사를 지켰다.

"저녁에 병원으로 나를 데리러 와 달라고 했지. 그러고는 카운터 끄트머리에 앉아서 손님과 이야기를 나누다가 아침에야 병원으로 돌아갔어. 지독한 환자였지. 다들 도와줬기 때문에 지금이 있는 거라고 생각해. 그래서 가게를 쉴 수가 없어. 하루라도 가게를 닫을라 치면 무슨 일 있는 거 아니냐고 전화통에 불이 나거든."

요시코 할머니는 나를 빤히 보더니 "젊어서 좋으네" 하고는 미소를 지었다. 하지만 나는 스스로가 부끄러워 어딘가에 숨고 싶었다.

"물론 힘든 일도 많았지. 하지만 나로서는 정말로 행복한 인생이었어. 다른 사람에게 잘하면 반드시 그게 나에게 되돌아 오지. 그 사실만은 자신 있게 말할 수 있어. 참고 인내해서 손해 볼 일은 없어. 스스로를 단련해 가는 거니까 말이야."

요시코 할머니와 만나며 누구든 어떤 상황에 처했느냐가 아니라, 그 상황에서 어떤 철학으로 어떻게 살아가느냐가 고스란히 사람 얼굴에 드러난다는 생각을 했다. 자신의 모든 것을 내어 주는 요시코 할머니. 저마다의 사정으로 요시코 할머니를 다시 찾지 못하는 사람들도 할머니의 모습을 보며 자신의 본모습을 생각하지 않았을까. 조금 더 당당해진 모습으로 요시코 할머니 앞에 앉고 싶다. 나는 늘 그런 생각을 하며 할머니의 가게로 닭꼬치를 먹으러 간다.

# 대만, 후앙 잉메이 할머니의 위궈

다들 비슷해 보이기 때문에 외국인 눈으로 바로 구별하기는 쉽지 않지만, 대만에
는 다양한 민족이 살고 있다. 적어도 1만 년 전부터 대만에 사람이 살았다는 기록
이 남아 있다. 현재 대만 국민 대부분은 민난계 민족이다. 중국 푸젠성에서 대만
으로 유입된 민난계 민족은 원주민을 산으로 내몰고 농사 짓기 좋은 서해안 지역
에 정착했다. 그리고 현재 대만 인구의 약 15퍼센트를 차지하는 객가 민족은 중국
광동성에서 유입된 민족이다. 대만에 들어온 객가 민족은 민난계 민족이 정착하지
않는 산간지대의 미개발지를 중심으로 정착해 살기 시작했다.

　　내가 만난 객가인 대부분은 자연주의 삶을 지향했고 강인한 데다가 요리를 잘
했다. 객가인들의 삶에 흥미를 가지게 된 것도 그 때문이었다. 대만, 특히 남쪽 지

방의 음식은 전체적으로 그 맛이 순하다. 그러나 객가 민족의 요리는 단맛과 짠맛이 확실하게 드러나는 특징이 있다. 흉작이 들었거나 수확이 적은 시절을 넘기는 지혜도 대단해서, 절임 같은 보존식품이나 건조식품은 아직도 객가의 것이 최고라는 평을 듣는다. 요전에 절임식품의 대가인 객가 민족 사람을 만난 적이 있는데, 미라처럼 보관되어 있던 20년 된 건조식품에 감동한 나머지 어떻게 쓰는지도 모르고 몇 개나 사 버린 일도 있었다.

주민 대부분이 객가 민족인 핑둥 지역을 산책하다가 흥미로운 디저트 가게를 발견했다. 시골을 돌아다니다 보면, '이 세상은 온통 착한 사람들로 가득하다'는 생각이 들 정도로 엄청나게 밝은 기운을 내뿜는 사람과 만나는 일이 있다. 그 가게의 주인장 후앙 잉메이 할머니도 그중 한 사람이었다. 할머니라기엔 너무 젊지만, 후앙 할머니가 만든 '위궈 타로토란이 들어간 일종의 찐빵'는 그 맛이 각별하다며 주변에서 호평이 자자하다. 대회에서 수상한 경력도 있는 명인이다.

만드는 과정은 이렇다. 쌀가루 1.2킬로그램에 물 1리터, 타로토란 900그램을 넣어 치댄 반죽으로 피를 만든다. 간 돼지고기와 꽃새우, 볶은 양파를 섞고 간장과 설탕으로 간을 맞춰 속을 치댄다. 할머니는 '이것이 맛의 비법'이라며 설탕에 절여 둔 동과 동남아시아에서 많이 나는 호박의 일종 를 치대 놓은 속재료에 조금 섞었다. 이게 바로 객가 민족에게 이어져 내려오는 지금은 거의 볼 수 없는 전통 위궈 레시피였다. 할머니의 위궈가 인기를 끄는 비결이기도 하다. 찜통에 쪄서 완성한 위궈는 짭짤함과 달콤함의 조화가 좋았고 하루 중 언제 먹어도 다 어울릴 맛이다.

초록색의 피는 집 뒷마당에서 수확한 대풍초를 갈아 넣어 만들었다. 대풍초는 대만 남부가 원산지인 한방 약재로 혈행 촉진 효과가 있다고 알려져 있다. 예전부터 쓰던 약재이지만 특유의 향과 쓴맛 때문에 최근에는 그리 널리 쓰지 않는다고 한다. 하지만 큰 병을 앓았거나 출산을 한 후 기운을 북돋기 위해, 또는 몸을 따뜻하게 하기 위해 한정된 방식으로 먹기도 하는 약재다. 후앙 할머니의 대풍초 위궈는 쑥과 비슷한 향이 나는 쫄깃한 피가 일품이다. 속재료는 감칠맛 나는 고기만두 같았는데 달콤한 맛이 풍미를 더욱 살렸다.

아핑둥에서 유기농 농장을 경영하는 내 친구들은 '가족 같은 친구의 소중한 친구라면 내 가족이나
마찬가지'라는 생각을 지닌 사람들이다. 그 친구들이 여러 곳을 안내해 줬는데, 그중 하나가 야외 주방과
멋진 정원이 있던 후앙잉메이 할머니의 가게였다.


"다 됐으니 커피나 한잔 할까?"

'어라? 커피라니? 녹차가 더 어울리는 거 아닌가?' 이런 생각을 하며 할머니의
남편이 있는 가게로 들어갔다. 그런데 가게 안에 제대로 된 전문가용 에스프레소
기계가 있어서 정말 깜짝 놀랐다. 이탈리아에 유학을 다녀온 딸의 영향이라고 했
다. 익숙한 손놀림으로 내린 맛있는 라떼와 객가의 전통 디저트를 함께 먹었다. 그
러던 중 근처에 사는 손님이 연못 근처에서 라떼를 마시는 모습을 보았다. 긴장을
풀고 쉬고 있는 그 모습을 보니 '위궈는 이탈리아 커피가 아니라 대만 녹차가 어울
리는 게 아닌가' 하는 단순한 생각이 그야말로 촌스럽게 느껴졌다.

# 대만, 시메이 할머니의
# 발효 파인애플 소스 채소 볶음

평둥에서 나고 자란 85세의 시메이 할머니 집으로 향했다. 할머니는 혼자서 밭농사를 짓고 있다. 예전에는 부부 둘이서 농사일을 했지만 남편이 먼저 세상을 뜨고난 뒤에도 밭일을 멈추지 않았다. 할머니는 여전히 농사일에 몸을 사리지 않았다. 자기 키 세 배나 되는 막대기로 높은 가지에 매달린 빈랑을 수확할 정도였다. 밭에는 공심채, 고구마, 수세미 오이 등이 자라고 있었다. 씹는 담배의 원료인 빈랑을제외한 나머지 작물은 할머니가 먹으려고 키우는 것들이었다. 하지만 수확량이 많으면 시장에 내다 팔기도 한다.

할머니는 왜소한 몸집과 어울리지 않는 높은 주방에서 음식을 만든다. 자기 몸

이 쪽 들어갈 만큼 큰 냄비를 달그락거리며 매일 식사를 준비한다. 먼저 떠난 할아버지는 할머니가 만든 밥을 정말 좋아했다. 그중에서도 할머니가 파인애플과 콩누룩을 섞어 발효시킨 소스로 만든 요리를 좋아했다고 한다. 이번에는 밭에서 고구마 순을 따서 '발효 파인애플 소스 채소 볶음'을 만들었다.

먹어 보니 발효 파인애플 소스의 조화가 정말 최고였다. 단맛과 짠맛의 어울림이 절묘해 객가 민족다운 맛이었다. 시간이 지날수록 발효가 더 진행되기 때문에 또 다른 감칠맛이 생긴다고 했다. 채소 볶음 말고도 '포아포치'라는 나무 열매를 소금물에 데친 후 간장과 소금물에 절여서 만든 저장음식을 생선과 함께 쪄낸 요리도 정말 맛있었다.

"힘들지만 힘든 만큼 또 재미있는 게 밭일이야. 매일 밭에 가서 하느님과 이야기를 나눠. 친구와 차도 마시고. 매일 이런 일의 반복이지. 이 나이가 되도록 건강한 건 하느님이 지켜봐 주고 계시기 때문일 거야."

그렇게 말하며 할머니는 눈꼬리에 온화한 주름을 만들며 웃었다. 황홀해질 만큼 아름다운 주름이었다. 엄혹한 땅에서 살아온 사람들은 신과의 거리가 가깝다. 전쟁으로 폐허가 됐던 시대, 가난했던 시절을 살아낸 할머니. 많은 말은 하지 않아도 '아무 특별할 것 없는 이 일상이 즐겁다'고 평온하게 말하는 할머니와 함께 있다 보니, 평화를 만드는 것은 결국 나 자신이라는 생각이 절로 들 수밖에 없었다.

Cherd-chom's Phrik ka Klua in Bangkok

# 방콕, 처드춈 할머니의
# 프릭 카 끄루아

태국은 왕국이다. 하루에 두 번 국가가 울려 퍼질 때마다 하던 일을 멈추고 국왕에게 경의를 표한다. 국왕 탄신일에는 수많은 태국 국민이 노란색을 몸에 걸친다. 노란색이 국왕 탄신을 상징하는 색깔이기 때문이다. 이렇듯 태국은 왕실을 향한 숭배가 일상생활까지 뿌리내린 나라다.

결혼과 동시에 태국으로 이주한 후 사귄 친구가 한 할머니를 소개해 줬다. 알려 준 대로 찾아가 봤더니 너무 으리으리한 저택이라 내심 놀랐다. '오늘까지만 입지 뭐' 하고 늘상 입는 티셔츠에 반바지, 비치샌들 차림으로 찾아온 내 판단이 틀렸다는 생각을 하며 집 안으로 들어갔다. 현관에서 처드촘 할머니와 딸이 나를 기다리고 있었다.

"우선은 이것부터 먼저."

그렇게 말하며 할머니는 펜을 들고 무언가를 그리기 시작했다. 집안의 가계도였다. 그리고 무슨 연유에서인지 가계도의 제일 윗부분에 태국 왕이었던 라마 2세의 이름이 들어갔다. '어라? 혹시 이분도?' 그런 생각에 가계도를 들여다봤더니, 아니나 다를까 올해 93세인 처드촘 할머니는 라마 2세의 현손에 해당하는 로열 패밀리의 직계 가족이었다. 게다가 역대 수상을 역임했던 그 유명한 세니 프라모지와 쿠크리트 프라모지가 할머니의 숙부였다! 장대한 로열 패밀리의 스토리가 전개되는 가운데 '로열 패밀리라면 가사도우미와 전속 주방장이 있을 테니 요리를 하지 않는 줄 알았다'는 이야기를 건넸다. 할머니는 이렇게 대답했다.

"국왕은 많은 부인을 거느리지. 때문에 알게 모르게 요리로 서로 경쟁하고 있어. 태국에서 요리는 중요한 부분을 차지하거든. '남자는 죽을 때까지 국자 끝과 연애한다 카레를 저을 때 국자를 쓰는 것에서 유래한 말로 요리로 남심을 잡는다는 의미다'는 말이 있을 정도니까."

태국 정세가 어지러워지고 혼란이 극에 달하자 할머니의 형제들은 전부 해외로 망명했다. 그러나 할머니만은 양친을 돕기 위해 방콕에 남았다.

"화장실에 들어가 있는데, 집 가까운 여학교에 폭탄이 떨어진 적이 있었어. 그 진동으로 화장실 문이 쾅하고 열렸지!"

그럼에도 그때 방콕에 있었기 때문에 남편과 만날 수 있었다고 했다. 남편은 유머 감각이 넘치는 발명가였다. 맞선 상대도 있었지만 좋아하지도 않는 사람과 결혼하는 게 싫어 남편과 함께 도망쳤다고 했다. 신분마저 내버리고 빈손으로 시작했다. 하지만 할머니를 걱정하던 숙부 덕에 신문사에서 근무할 수 있었다. 남편은 일이 없을 때면 당구 시합을 해서라도 돈을 벌어 왔다고 했다. 할머니는 자유롭고 씩씩하게 그 시절을 살았다.

할머니가 가르쳐 준 로열 레시피의 이름은 '프릭 카 끄루아', 영어로 바꾸면 '칠리 위드 솔트'다. 아이들 메뉴로, 할머니의 자녀들도 정말 좋아하던 음식이다.

고추가 들어가는데 아이들이 좋아한다니? 이상하다는 생각을 하며 할머니와 요리를 만들기 시작했다. 긁어 낸 코코넛 과육을 기름을 두르지 않은 프라이팬에 오래도록 볶는다. 타지 않도록 주의하며 황금빛 갈색이 될 때까지 볶는 게 중요하다.

"카오체 밥에 찻물을 부어 먹는 일본의 오차즈케 같은 음식 는 여름에 차갑게 해서 먹는 음식인데, 코코넛 과육을 잔뜩 곁들여 먹거든. 넉넉히 긁어 됐다가 남는 과육이 있으면 그걸로 이 요리를 자주 만들곤 했지."

코코넛을 다 볶으면 돌절구로 빻는다. 서서히 기름이 배어나올 때까지 몇십 분이고 드륵드륵 갈아 줘야 한다. 거기에 팜슈거와 약간의 소금을 넣으면 완성. 그런데 그 어디에도 고추가 들어가지 않는다. 할머니께 여쭤 봤다.

"그러네. 이상하지? 아마도 아이들이 좋아하는 맛이기 때문에 너무 많이 먹고 탈이 날까 봐 그런 이름을 붙인 게 아닐까?"

지금은 레스토랑에서조차 보기 힘든 오래된 레시피라고 했다. 아무래도 왕실의 요리는 저잣거리의 음식보다는 약간 더 부드럽고 단맛이 강한 것 같았다. 신분의 속박에서 벗어나 자유로운 인생을 살아온 할머니. 그러나 주변 누구나 인정할 정도의 요리 솜씨인 것을 보면 그 피를 속일 수는 없는 모양이다.

"내 카오체는 대대로 전해 내려오는 레시피로 만든 거야. 라마 5세의 수석 셰프에게 배운 레시피지.",
"예전부터 우리 할머니에게 자주 들은 이야기인데, '핑거 노즈'라고 손가락 끝이 봉긋하게 솟은 사람은 요리를 잘한다고 그랬어." 이렇듯 할머니와 나누는 요리 수다는 끝이 없다.

chapter 6

# 행복 레시피를
# 나눠 드립니다

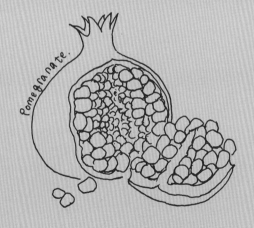

최고의 맛을 함께 나누는 '유 박스'

남으로 북으로, 언제나 맛있는 것을 찾아다니는 까닭에 먹보라는 이미지를 얻었지만, 사실 나는 위장이 작은 편이라 많이 먹지 못하는 게 고민이다. 그럼에도 내가 늘 음식과 관련된 현장에 가는 까닭은 '먹는다'는 행위 주변에서 피어나는 행복한 웃음을 마주하고 싶기 때문이다.

훌륭한 식재료를 찾아 곳곳의 생산자들을 만나 온 '키친 와타리가라스'의 무라카미 셰프 곁에서 요리를 배우면서 '식재료의 힘'을 처음 접했다. 고기나 채소, 와인 속에, 그리고 할머니들의 요리 안에서도 '월등하게 맛있는' 것이 존재한다는 사실을 깨달았다. 대체 무엇이 그 차이를 만들어 내는지 알고 싶은 마음에 닥치는 대로 여러 생산 현장을 다녀 보기로 했다.

한창 길고양이 생활을 이어가던 무렵, 2박 3일용 여행가방에 모든 것을 쑤셔 넣고 한 지역을 선택해 머무르기를 반복했다. 그리고 그곳에서 며칠 또는 몇 주 만에 흥미로운 생산자를 만날 수 있을지 실험을 계속했다. 나는 최신 IT기기나 인터넷에도 비교적 강하고 구글도 엄청 좋아하지만 내가 만나고 싶은 유형의 생산자

정보는 대체로 인터넷에서는 찾을 수 없는 것들이다. 내가 기댈 수 있는 것은 믿음 직한 사람을 통한 연줄이나 나의 촉감, 후각 같은 것들뿐이다. 그렇게 나는 쿵쿵 대며 맛있는 냄새에 이끌려 여러 나라를 돌았고 생산자들과 친분을 쌓아 갔다. 그 렇게 만난 생산자들은 맛있는 것을 만드는 방법뿐만 아니라 그들이 경영해 나가는 일상의 아름다움까지 내게 보여 줬다.

그러던 어느 날, 나는 마흔 명의 사람들에게 갑작스런 메일을 보냈다. '여행 지에서 박스를 보낼 것이니 선물로 박스 3회분의 돈을 지급해 달라'는 약간은 강 제적인 내용의 메일이었다. 박스 안의 내용물은 여행지에서 만난 '이건 정말 최고 다!'라고 생각되는 식재료였다. 이 마흔 명과 최고의 식재료를 나누고 싶었다. 예 전부터 친분이 있는 사람들에게만 보낸 메일이긴 했지만, 놀랍게도 그들 대부분이 돈을 보내 줬다.

혼자 여행을 이어가며 직접 발견한 것을 나만의 표현으로 타인에게 전달하는 최초의 실험이었다. 그곳이 어디든, 대체로 열흘 정도면 월등한 맛을 만들어 내는 생산자를 발견할 수 있다는 것도 이 실험으로 알게 됐다. 그것이 '유 박스<sup>You Box</sup>'의

내가 세계를 돌아다니며 만났던 생산자들. 사진 왼쪽부터 알폰소 씨(산타 가데아 목장), 파우스티노 씨(파우스티노 프리에토 목장), 구루시마 씨(쇼도시마 식품), 마리아노 씨(캄푸스 고티코스 치즈 공장). 자연과 동물, 사람 모두에게 좋은, 유일무이한 감동의 식재료를 만드는 아름다운 분들이다.

스페인에서 보낸 '유 박스'

스페인에서 무역업을 하고 있는 에바(사진 왼쪽)의 소개로 헤스스 씨(사진 가운데)를 만났다. 헤스스 씨는 스페인 시구엔사에서 완벽히 자연주의적인 방식으로 30년 이상 양봉을 해 온 사람이다. 제철 허브의 향기와 그의 정열이 담뿍 담긴 '발데로메로 벌꿀'은 부드러우면서도 강렬하고 짙은 향이 났다. 벌통이 놓여 있던 기분 좋은 땅에서 마주한, 수줍고 말수가 적은 그의 미소에 반하고 말았다.

시작이었다. 쇼도시마에서 시작해 대만, 남프랑스에서 세 개의 박스를 만들었다. 견적을 낼 때 내 여행 경비는 계산에서 빼먹고 박스에 넣는 식재료 비용만 넣는 바람에 펀딩으로 모은 돈을 첫 번째 박스에서 거의 다 써 버렸지만 내가 좋아하는 사람들과 나누고 싶은 무언가를 찾기 위해 돌아다닌다는 것이 무척이나 즐거웠으므로 후회는 전혀 없었다.

유 박스는 개인적인 실험이었기 때문에 인터넷 같은 곳에 정보를 올리지도 않았다. 그런데 입소문이 퍼져 한 기업의 신규 기획으로 발전하기도 했다. 뜻을 같이하는 친구와 만나는 계기도 됐다. 자금을 준비해서 시작하겠다고 미루기보다는, 작아도 일단 해 보는 게 중요하다. 시간이 지나며 개인의 프로젝트가 팀 프로젝트로 바뀌며 여러 셰프, 디자이너들과도 같이 활동하게 됐다. 팀으로 활동하면 아무래도 혼자 할 때보다 열심히 하자는 마음이 더 생긴다는 장점이 있다. 그리고 좀 더 즐겁다. 처음에는 '특정 사람들만 알아 줘도 충분하다'며 소규모로 물밑에서 진행했다. 어쩌면 거기에는 '안목 있는 사람이라면 유 박스의 가치를 알아봐 줄 것'이라는 약간의 우쭐함이 있었을지도 모르겠다. 하지만 지금은 생각이 바뀌었다. 좋은 것은 누구라도 알아보기 마련이니까. 보다 더 넓은 시점에서 '맛있는 나눔'을 하고 싶다. 그런 마음이 몽글몽글 끓어올라, 오늘도 나는 '끝내주게 맛있는' 무언가를 찾고 있다.

여자 혼자 해외의 뒷골목을 두리번거리다 보면 위험이 따르기 마련. 그러다 보니 어느 순간부터 나는 사람의 얼굴을 유심히 보는 성격이 되었다. 그게 마치 호신술이라도 되는 것처럼 말이다. 원하는 사람과 만나기 위해서는 첫인상에서 내리는 판단이 무척 중요하기 때문이다. 그리고 이렇게 사람의 얼굴을 유심히 보다 보니, 얼굴에 그 사람의 인생이 드러난다는 말이 정말 맞구나 싶다. 즐겁게 웃었던 시간, 슬픔을 극복하던 시간, 결국 그 시간의 기억이 그 사람에게 아름다운 주름으로 남지 않았을까? 이렇듯 시간의 변화를 즐길 수 있는 주름, 이왕이면 웃음이 만든 아름다운 주름을 내 주변 사람들이 가졌으면 했다. 이런 생각을 바탕으로 '아름다운 주름'을 위한 프로젝트를 40(시와) <sup>'40'을 '4'와 '0'으로 분리해 4는 '시', 0은 모양이 비슷한 '원'을 차용해 '와'라고 읽었다. '시와'는 '주름'을 뜻하는 일본어</sup> 개 기획해, 그 모든 프로젝트가 끝나면 소멸하는 '40creations'라는 팀을 만들었다. 2015년의 일이었다.

'유 박스', '할머니 레시피', '사시스세소 교과서 <sup>40creations 프로젝트 중 하나. 일본에서 흔히 쓰는 조미료에 대한 탐구, 취재는 물론 관련 이벤트를 열어 일본의 맛을 세계에 알리고자 했다</sup>' 프로젝트는 다른 사람들과 팀을 꾸려 활동했다. 혼자서 프로젝트를 진행할 때보다 팀으로 활동하는 것이 훨씬 더 즐거웠고 선택의 폭도 보다 넓어졌다. 지금까지 나는 여러 이유로 누군가와 같이 행동하는 것을 피하고 있었다. 하고 싶은 일은 오롯이 내 책임으로 실현시키고 싶었다. 여행도 무조건 혼자서 하는 여행이 좋았다. 동행이 있으면 갑작스런 초대로 행선지를 변경하는, 내 방식의 자유분방한 여행이 힘들어질지도 모른다는 이유 때문이었다. 하지만 솔직히 말하면 내 속에 남을 받아들일 만큼의 여유가 없었다는 것, 그리고 무언가를 찾아간 곳에서 아무 것도 찾지 못했을 때 함께한 동행에게 미안할 것 같다는 '자신 없음'이 그 이유 중 하나였다.

하지만 어느 여름날, 건축을 잘 아는 친한 친구와 대만을 여행하면서 그 생각이 바뀌었다. 그 전까지는 내 시야에 한 순간도 들어오지 않던 건물들이 반짝반짝 존재감을 내뿜기 시작했다. 그리고 몇 번이나 봤던 그 거리가 전혀 다른 표정을 보여 주는 것에 놀라고 말았다. 가고시마의 '오시마 명주 <sup>오시마 지역에서 생산되는 최고급 명주</sup>'를

SPREADING
"OISHII" WRINKLES
TO THE WORLD.

世の中に、美味しいしわをつくる。

「おいしい人生は、人々を笑顔にする」
それは、時代や国・世代を超えた共通言語。
世界の国々でさえ瞬間にしわが持ってしまうことも多い一節のやりとり。
人の歴史そのものを表す「しわ」は、やっぱり美味しい笑顔で作っていきたい。

LEAD MORE

웹 디자인: 미키코 기쿠오카(**LETTERS Inc.** / **Garden Eight**)

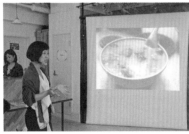

사진: 주식회사 '테이블 컴퍼니'

만드는 현장을 다른 친구와 찾았을 때도 그랬다. 언제나 티셔츠에 청바지면 만족하던 나였지만, 옷과 가방 등 그 자체의 형태가 지닌 훌륭함과 아름다움을 제대로 느끼고 소화하기 위해서는 음식의 맛을 아는 것과 마찬가지로 경험이 필요하다는 것을 배웠다. 아무리 새로운 곳이라 해도 자신의 흥미에만 기대 움직이는 한, 보이는 세계가 넓어지지 않는다는 사실을 실감한 것이다.

각자의 지견과 전문성을 조합하면서 깊이와 넓이도 풍부해질 수 있다는 가능성에 몸이 떨릴 정도로 두근거렸다. 내가 팀으로 활동하고 싶어진 것도 그래서다. 그 한 예로, '할머니의 레시피'를 진행하면서는 미와자키 현 아야초에서 '주식회사 디스커버리호' 팀원과 우연히 만나면서 표현의 폭이 꽤나 넓어졌다. 프로젝트에 동참하고 싶다며 일본 시골 할머니 취재에 동행한 그들이 사진과 영상으로 현장을 담아 줬기 때문이다.

팀원 모두가 현장에서 가슴 설렐 수 있다면, 그리하여 우리 사회에 '웃는 얼굴의 씨앗'을 자연스레 뿌릴 수 있다면, 내 바람은 이미 이뤘다고 생각한다. 그래서 나는 언제나 고대하고 있다. 함께 활동하고 싶은 상냥한 사람들과 만날 수 있기를 말이다.

40creations가 형태도 없고 아무것도 없을 때, 내 아이디어를 함께 고민해 줬던 '히다마리' 셰어하우스의 하우스메이트들, 에비 씨, 히로토 씨, 미호, 그리고 40creations의 콘셉트를 듣고 순식간에 웹 사이트를 만들어 준 LETTERS Inc.의 노마 씨, 그리고 프로젝트 개시를 위해 지방에서 달려와 줬던 친구들까지, 이 프로젝트가 출발하는 데 조금이라도 관계 맺었던 그 모든 사람이 앞으로도 저마다의 속도로 함께 활동할 수 있기를 바란다.

# chapter 7

# 할머니에게 물려받은
# 인생 레시피

세계를 돌며 만난 할머니들에게 배운 요리들. 그리고 인생을 즐겁게, 자유롭게 살기 위해 필요한 여러 가지 것들. 레시피를 계승할 때 중요한 것은 요리를 충실히 재현하는 것보다, 인생을 즐기는 마음을 잇는 것이라고 생각한다. 여행에서 돌아온 뒤, 할머니들에게 받은 영감으로 완성한 요리를 소개해 볼까 한다.

이번 레시피를 제작하면서 고지마 미오 셰프의 도움을 받았다. 도쿄에서 친구와 셰어하우스를 시작했을 무렵, 묘한 인연으로 갑작스레 하우스메이트로 들어온 이가 고지마 셰프였다. 거실에서 술잔을 기울이며 이야기를 나누던 중 그 무렵 시작한 '유 박스' 이야기에 그가 흥미를 보였다.

"시간 나면 도와줘도 괜찮아."

농담을 섞어 권했는데 정말로 도와주겠다고 나섰다.

놀라웠던 건, 그가 만든 요리의 맛이었다. 그도 그럴 것이 고지마 셰프는 미슐랭 쓰리 스타 레스토랑인 '라 타블 드 조엘 로부숑'에서 모든 요리 파트를 경험했고, 2013년에는 '제1회 요리기술기능대회'에서 우승을 차지했다. 그 이듬해에는 싱가포르의 세계 요리 대회 'FHA 컬리너리 챌린지'에서 고기 부문과 디저트 부문 양쪽에서 동메달을 획득했다. 2016년에는 프랑스 요리 기반의 오더메이드 레스토랑 '모미지도리 바이 그린키친'을 도쿄 쓰키지에서 한정 기간 동안 오픈했다.

외국에 나갈 때마다 내 취향의 식재료를 끊임없이 들고 귀국하는 길고양이 같은 나, 그리고 일류 '요리 오타쿠' 고지마 셰프. 그는 내가 세계 각지에서 가져온 이상한 식재료로 상상을 초월하는 맛의 요리를 만들어 주곤 했다. 이번에도 그는 방대한 지식과 기술로 레시피를 정교하게 다듬어 줬다. 삐걱대는 콤비지만 의외로 마음이 잘 맞아 요리 분야의 여러 일을 함께 하고 있기도 하다. 이번 챕터에 소개할 레시피들은 설레는 마음으로 그와 의논하고 여러 번의 시연을 거듭하며 즐겁게 완성한 것들이다.

내 몸을 돌보는
초록색 죽

오른쪽으로
저어 만든
호박잼

며칠은 끄떡없는
카레 페이스트

손님 접대를 위한
아쓰야키

# 손님 접대를 위한 아쓰야키

주린 배를 안고 찾아오는 이들을 위해 시간과 정성을 들여 만드는 아쓰야키.
오와세의 미쓰코 할머니에게 배운 요리다. 품이 드는 것에 비해서 비주얼이
소박한 단점을 보완하기 위해 아쓰야키에 생햄을 추가해 좀 더 화려하게
완성했다.

재료 도미 1마리(700~800그램),
오징어 1마리, 계란 1개, 생햄
3~4장, 차조기 잎 2~3장, 소금,
후추 조금

만드는 법 1. 도미는 세장뜨기로 껍질과 뼈를 제거한다. 2. 오징어는 내장과 다리를 떼고
몸통만 씻는다. 3. 오징어와 도미를 작게 썰고 계란과 함께 절구에 넣어 빻거나 푸드
프로세서로 간 후 소금, 후추를 뿌려 간을 맞춘다. 4. 기름을 두른 프라이팬을 약불로
달군 후, 3의 생선 반죽을 넣고 위에 작게 찢은 차조기 잎, 생햄을 올리고 뚜껑을 덮는다.
5. 노릇해지면 뒤집은 다음 뚜껑을 덮고 조금 더 굽는다. 6. 이쑤시개로 찔러 안까지 열이
전달됐는지 확인한 후(입술에 댔을 때 따뜻한 정도) 뒤집어서 접시에 담는다. 7. 채친
차조기 잎, 다진 양파, 견과류, 라임, 셀러리, 파프리카 등을 곁들이면 색감이 화려해지고
함께 먹는 재미도 있다.

# 오른쪽으로 저어 만든 호박잼

오른쪽으로 젓다 보면 나도 모르는 새 웃는 얼굴로 부엌에 서게 되는 호박잼. 포르투의 마리아 로즈 할머니에게 배운 요리다. 찾아올 친구들의 얼굴을 떠올리며 오른쪽으로 젓다 보면 훨씬 즐거운 맛으로 완성될 게 분명하다. 메인 고기 요리에 과감하게 곁들여 보자.

재료 호박 1/4개, 양파 1/4개, 마늘 1/4조각, 오렌지주스 50~100그램, 레몬주스(레몬 반 개를 살짝 짠 정도), 칠리파우더 한 꼬집, 타임 이파리 약간, 설탕 30~50그램(호박의 단맛에 따라 조절), 소금 조금, 물(호박이 잠길 정도)

호박잼 만드는 법 1. 씨를 제거하고 껍질을 벗겨 2밀리미터 두께로 호박을 자른다.
2. 호박이 잠길 정도로 물을 붓고 설탕과 소금을 조금 넣고 약불에서 중불 사이로 끓인다.
3. 나무 주걱으로 천천히 오른쪽으로 젓는다. 4. 같이 먹을 사람의 얼굴을 떠올리며
계속 오른쪽으로 젓는다. 5. 눌어붙을 것 같으면 물을 보충한다. 6. 싱글벙글 웃으면서
오른쪽으로 젓는다. 7. 호박 덩어리가 풀어지면 맛을 본 후 설탕과 소금을 가감해 식힌다.
8. 다진 양파, 마늘, 오렌지주스, 레몬주스, 칠리파우더, 타임 잎을 넣어 섞으면 완성.
상쾌한 오렌지와 타임의 조합이 모든 고기에 다 잘 어울린다.

향신료 소금 만드는 법 1. 호박씨 1큰술, 커민 씨 1작은술, 고수 씨 1작은술, 흰 후추
1작은술, 칠리파우더 1작은술, 소금 1작은술을 한데 넣어 곱게 빻는다. 2. 잘 구운 고기에
뿌리면 이국적이면서도 설레는 맛이 난다.

언제든 맞이할 준비가 되어 있는

# 며칠은 끄떡없는 카레 페이스트

카레 페이스트 하나만 있으면 여러 요리를 재빨리 만들어 갑작스레 방문한 손님의
배를 채워 줄 수 있다. 방콕의 마리니 할머니에게 배운 요리다. 술지게미를 사용한
페이스트로 국물을 만들어 쌀국수에 얹으면 개성 넘치는 발효 카레국수도 만들 수
있다.

재료 마늘 2톨, 생강 엄지손가락 반
개 정도의 크기, 토마토 페이스트
2큰술, 파프리카 파우더 2~3큰술, 고추
2개~원하는 만큼, 뿌리가 있는 고수 한
다발, 소금에 절인 매실장아찌 3개, 넘플라
1큰술, 술지게미나 감주 1큰술, 소금 적당량

카레 페이스트 만드는 법 1. 씨를 뺀 고추를 팬에 볶아 물기를 날린 후 돌절구에 넣어
빻는다. 2. 마늘, 생강, 고수 뿌리와 잎도 잘게 썰어 1에 넣어 같이 빻는다. 3. 토마토
페이스트, 파프리카 파우더, 매실장아찌, 술지게미를 넣어 같이 빻다가 소금과 넘플라로
간한다. 4. 병에 넣어 냉장고에 보관하면 1주일 이상 보관 가능하다. 닭고기에 발라
녹말가루를 묻혀 튀기면 육즙이 살아 있는 닭튀김을 만들 수 있다. 빵에 발라 좋아하는
채소나 햄을 넣어 샌드위치를 만들어도 좋고, 간 고기와 야채를 볶다가 풀어 놓은 계란을
넣고 오믈렛을 만들어도 좋다. 자유자재로 활용할 수 있다.

카레국수 만드는 법 1. 냄비에 물과 해산물을 넣고 끓이다가 해산물이 익기 시작하면
코코넛밀크를 넣는다. 2. 육수가 끓어오르면 만들어 둔 카레 페이스트를 적당량 풀고 라임,
넘플라, 실탕으로 취향에 맞게 간한다. 3. 삶아 건진 쌀국수나 소면에 국물을 부어 먹는다.

맛있고 건강하게

# 내 몸을 돌보는 초록색 죽

어쩐지 몸 상태가 별로일 때, 과음한 다음 날, 채소 섭취 부족의 징후가 나타난다 싶을 때 몸 상태를 정돈해 주는 초록색 죽. 스리랑카 콜롬보의 멧타 할머니에게 배운 요리다. 코코넛밀크와 다양한 채소로 우린 육수가 훌륭한 맛을 내기 때문에 몸에 좋은 채소의 영양분을 맛있게 섭취할 수 있다.

재료 양파, 셀러리, 양배추, 파프리카 등 사방 1센티미터로 자른 채소 모두 합쳐 밥그릇 1공기, 마늘 반 톨, 생강 새끼손가락 한 마디 정도, 잘게 썬 무말랭이 1큰술, 다시마 2센티미터, 쌀가루 1큰술, 물 300밀리리터, 코코넛밀크 150밀리리터, 초록잎 채소 적당량, 소금 조금

만드는 법 1. 마늘, 생강을 다진다. 무말랭이는 잘게 썬다. 2. 전체적으로 살짝 묻을 정도로 쌀가루를 채소에 뿌린다. 3. 냄비에 1, 2의 재료와 물, 다시마를 넣어 불에 올리고 끓어오르면 약불로 낮춰 거품을 걷어내면서 15~20분 정도 끓인다. 4. 코코넛밀크를 넣어 5분 더 끓인다 5. 먹을 사람의 컨디션에 맞춰 초록잎 채소를 골라 믹서에 간 뒤 체에 걸러 냄비에 넣는다. 6. 끓어오르기 직전에 불을 끄고 소금으로 간을 맞춰 완성한다.

포인트 1. 다양한 잎을 조합해서 만든다. 향이 강한 잎을 넣어 만든 게 더 맛있다. 루콜라나 이탈리안 파슬리 같은 허브류, 고추냉이 잎이나 양상추 같은 채소, 뽕잎이나 민들레잎 같은 산나물을 서로 조합해도 좋다. 몇 종류 섞다 보면 대체로 맛있어진다.
2. 선명한 초록색을 유지하려면 갈아서 걸러 낸 채소즙을 냄비에 넣고 끓어오르기 전에 불을 꺼야 한다.

# 아름다운 주름을 찾아 떠나는 여행

나는 외할머니와 친할머니가 너무 좋았다. 두 할머니 모두 자신의
장대한 인생 드라마를 내게 들려주셨다. 그 이야기 속에는 조리에
맞지 않는 부분이 잔뜩 있었기 때문에 이야기 도중 질문을 하거나
깊이 파고 들어갈 부분이 많아서 재밌었다. 아마도 그건 '나의
당연함'과 '그들의 당연함' 사이에 큰 차이가 있기 때문일 것이다.
나는 살림만 해도 전기제품이 대부분을 처리해 주는 시대, 편의점과
슈퍼에 매일같이 새로운 먹거리가 진열되는 것이 당연한 시대에
태어났다. 그러나 할머니들의 시대에는 아무 것도 없는 것이
당연했다.
언뜻 보면 우리 세대는 풍족한 시대에 태어난 것처럼 보인다. 그러나
유통기한이라는 명분 아래 식재료를 대량으로 폐기하는 작금의
상황도 정상은 아니고, 환경과 경제의 변화 속에서 고뇌하는 식재료
생산자들과 만나면서부터는 우리가 당연하다고 생각하던 것들이
앞으로도 지속되리라는 생각을 할 수 없었다. 불안했다. 그래서 80년
넘게 혼란의 시대를 살아왔던 할머니들이 쌓아온 지혜는 내 눈에
그야말로 천하무적으로 보였다. 무엇보다, 귀여운 할머니들이 즐겁게
이야기해 주는 파란만장한 인생 이야기는 언제나 생생했고, 멋있었고,
마음을 설레게 했다.
무엇을 위해 나는 할머니 레시피를 모으고 있는 것일까. 그 레시피를
좀 더 전파하기 위해서는 비즈니스면에서 성립되는 모델을 만들어야

한다는 이야기도 들었다. 보다 널리 확산하려면 누구나 쉽게 이해할
수 있도록 콘텐츠를 만들어야 한다는 이야기도 들었다. 그러나 쉽고
편한 것을 추구하면서 우리가 잃어 버린 것들이 할머니들의 레시피에
상징처럼 남아 있다고 생각했다. 언어는 달라도 내가 만난 모든
할머니가 했던 말은 대개 이런 것들이었다. '목소리 높여 주장하지
않는다. 돈이나 권력에만 신경 쓰는 게 아니라 다양한 것들을 있는
그대로 받아들인다. 소중한 것은 이어받고 끊을 것들은 끊어 낸다.
이런 태도를 집에서부터 실천한다.' 이것이야말로 그 무엇과도 바꿀
수 없는 소중한 재산이라는 생각이 들었다.

이런 과정을 거치며 결국 〈할머니의 행복 레시피〉는 상세한
요리법이나 분량 같은 게 거의 없는, '레시피 책'답지 않은 책으로
완성됐다. 할머니들과 요리하며 들었던 짤막짤막한 이야기들은
내 상상 이상으로 깊이가 있었다. 할머니들의 '지금까지'를 듣는
일은 나의 '지금부터'를 생각하는 일로 이어졌다. 그렇기에 내게
있어 할머니의 레시피는 그들의 고생담을 추켜올리기 위한 것도
아니고 사라져 가는 레시피에 대한 단순한 기록도 아니다. 격동의
시대, 우리는 무엇을 믿고 어떻게 살아가야 할까. 그에 대한 힌트를
할머니들의 레시피가 제공해 주고 있는 것이다.

올해 나이 88세, 지금도 양장점을 경영하며 올해 유행할 색을 가르쳐
주는 내 할머니는 이렇게 말한다.

"인생은 말이지, 흘러가야 할 곳으로 흘러가게 되어 있어. 그러니까
네가 좋아하는 걸 해도 괜찮아."

이 말은 인생이 이렇게 생겨 먹었으니 열심히 할 필요가 없다는 말이
아니다. 인생에는 아무리 애를 써도 도무지 어쩔 수 없는 일이 생기기
마련이다. 그렇다면 자신이 좋다고 생각하는 방식으로 살아 봐도
좋고, 그게 만약 틀렸다 싶으면 옆으로 샛길을 만들어 다시 걸어가면
된다는 말이다. 할머니의 이 말은 언제나 내가 내 본모습 그대로
존재할 수 있는 힘이 되어 줬다.

이런 뜻을 공유할 수 있는 동료가 전 세계로 퍼져가고 있는 지금,
우리들은 다음 세대에 어떤 세상을 물려줄 수 있을까. 나는 웃음이
만든 아름다운 주름으로 가득한 세계를 만들어 가고 싶다. 그러므로
매일매일 설레는 마음으로 지금, 여기를 살아가지 않으면 안 된다.
그리고 내가 할머니가 되었을 때 누군가 내게 할머니의 레시피를
물으러 온다면 주름 자글자글한 얼굴로 활짝 웃으며 이 장대한 모험
이야기를 해 주고 싶다.

마지막으로 이 책을 만들면서 도움을 주신 분들께 감사의 뜻을 전하고
싶다. 기획부터 시작해 책이 인쇄되어 나올 때까지, 임신과 출산,
육아를 겸하며 감수, 편집, 스승의 역할까지 전력으로 함께해 준
가키하라 유키 씨, 내 문하생 하라야마, 2년 넘게 세심히 신경 써 준
'소토코토' 출판사의 편집부 여러분, 상세한 요소까지 할머니 월드를
잘 표현해 준 디자인 팀 '스튜디오'의 여러분들께 깊은 감사의 말씀을
올린다.

한국 할머니의 행복 레시피

# 맵고, 시큼하고,
# 그럼에도 달콤한 인생

# 큰 손에 담긴  넉넉한 인심

모경숙 할머니의
한정식

서울, 한국

일본에서 이 책을 발표한 지 얼마 지나지 않아, 한국의 출판사에서 한국어판을 출판하자는 너무나 기쁜 소식이 날아들었다. 지역에 있는 작지만 열정이 넘치는 출판사라고 했다. 만약 한국어판을 출판하게 된다면 한국 할머니를 만나 원고를 추가하고 싶다는 의사를 전했다. 그런 과정을 거쳐 이번 한국 여행이 성사되었다. 모처럼의 한국행이니 서울에 살고 있는 친구도 만나기로 했다. 총 열흘 간의 한국 방문이 시작되었다.

한국은 마음만 먹으면 일본 국내 여행보다도 저렴하게, 빨리 오갈 수 있는 나라다. 그런데도 생각해 보니 10년 만의 방문이었다. 한 번 갔던 곳에 다시 간다는 것은 한 번 읽은 책을 다시 읽는 것과 어딘가 비슷한 면이 있다. 너무 가깝기 때문인 걸까, 아니면 한국에 대해 잘 알고 있다고 막연히 생각하고 있었기 때문일까. 다시 읽기 전에는 '내용을 잘 알고 있다'고 어렴풋이 생각하지만 막상 다시 읽기 시작하면 그 사이에 변한 내 사상이나 사고로 느끼는 바가 완전히 달라진다는 점에서도 비슷하다. 그렇게 보면 나는 '한국 음식은 맵다', '한국 음식은 뜨거운 것을 후후 불어가며, 어우, 맵다, 어우, 뜨겁다, 어우, 맛있다 소리를 하며 먹는 음식이다'라고 '알고' 있었다. 이번 여행으로 한국 음식에 대해 어떤 새로운 감각을 배울 수 있을까? 그리고 이번에는 어떤 할머니들과 만날 수 있을까?

인구 약 1000만 명의 대도시, 한국의 수도 서울. 마침 내가 도착한 때가 점심시간이었기 때문에 사람들로 북적대는 뒷골목의 한 식당에 들어갔다. 땀투성이로 바삐 움직이는 목소리 큰 점원의 기백에 순간 기가 죽었다. 전혀 이해할 수 없는 한국어 메뉴를 보다가 위에서 세 번째 메뉴를 손가락으로 가리켜 주문했다. 잠시 기다렸더니 반찬이 속속 차려졌다. 아무래도 내가 주문한 메뉴가 생선구이였던 모양이다. 소금을 치고 살짝 말려 맛이 더 풍부해진 생선을 튀기듯 구워 낸 음식이었다. 정말 맛있게, 엄청 배불리 먹었는데도 음식 값은 8000원, 일본의 800엔 정도에 불과했다. 요리하는 사람 입장으로 생각해 보면 걱정이 되는 가격이다. 하지만 이런 가게는 한 번 찾은 사람이 반드시 다시 찾을 것이고, 그런 면에서 무리 없이 꾸려지겠구나 싶기도 했다. 한편 그날 밤 찾은 한 레스토랑에서는 파스타 한 접시 가격이 10000원이 넘었다. 외국에서 대학을 졸업한 한국 아이들이 데려가 준 레스토랑이었다. 또래인 그들과 이야기를 나누다 보니 정치나 기업 문화에 대한 이야기로 자연스레 화제가 넘어갔고, 일본 친구들과 대화하고 있는 건 아닌가 착각할 정도로 서로 비슷한 부분이 많았다. 같은 것을 걱정하고 있었고, 비슷한 면에서 체념하고 있었기 때문이다.

다음 날, 비건 카페 수카라를 운영하며 음식 전문가, 편집자로도 활약 중인 김수향 씨와 함께 청국장이 나오는 밥집에 갔다. 정성과 시간을 아낌없이 들여 만든, 무척 깊은 맛이 나는 반찬과 찌개였는데도 역시나 음식 값은 저렴했다. 이렇게 전통적이면서 서민적인 한국 음식은 가격을 올리기가 쉽지 않다고 했다. 그래서 최근 몇 년 사이에 훌륭한 한정식집 몇 군데가 문을 닫았다는 안타까운 말도 들었다.

그의 안내를 따라 시장을 돌아보며 식자재에 대해 여러 설명을 들었다. 그는 '한국 요리는 야생 나물의 요리 문화가 아닐까 싶다'고 했다. 그 말을 듣는데 한국 요리에 대해 내가 미처 몰랐던 깊숙한 편린이 불쑥 튀어나오는 듯했다. 계절마다 채취한 나물의 여러 요리법, 한방약재의 사용법, 발효문화 이야기 등 흥미를 자극하는 풍경이 광범위하게 펼쳐지기 시작했지만 이번 여행만으로 그 모든 것을 알기는 도저히 불가능하다고 스스로에게 되뇌었다. 그래서 일부러 눈을 반쯤 감기로 했다. 흥미가 생기면 크고 동그랗게 눈을 반짝 뜨는 버릇이 있기 때문이다.

작년에 나는 '잘츠부르크 글로벌 세미나'에 참가할 기회가 있었다. 각 나라에서 선발한 혁신적이고 재능 넘치는 젊은이들이 한곳에 모이는 자리였는데, 그 세미나에서 서울에서 온 제이미를 만났다. 서로 문화는 달랐지만 비슷한 문제의식을 갖고 최선을 다해 활동 중인 전 세계 동년배 친구들과 1주일 동안 농밀한 프로그램을 함께했다. 제이미와도 동지애를 느낄 수 있었다.

이번 기회에 제이미가 일하는 곳을 찾았다. 예술로 문화 이해의 장을 창조하는 '월드컬처오픈'이라는 단체였다. 그의 사무실에서 요즘 한국 젊은이들 사이에 유행한다는 '치맥'을, 그것도 월요일 사무실에서 즐기며 최근 진행 중인 프로젝트 이

야기를 나눴다. 그러다가 '할머니 헌팅' 정보를 수집했다. 그의 말을 정리해 보면, 60대 후반의 할머니로 통상 80세 이상을 대상으로 하는 할머니 헌팅 기준에서는 못 미치지만 한정식집을 운영하는 멋진 할머니가 있는 모양이었다. 근래 보기 드물게 좋은 사람인 제이미가 할머니를 '나의 대모'라고까지 했으니 멋진 여성일 것만은 틀림없었다.

## 지혜를 가득 담은 건강한 요리

그런 연유로 제이미의 대모 모경숙 할머니를 찾아가 보기로 했다. 서울 시내에 자리한 '지리산'이라는 이름의 한정식집이었다. 35년 전 할머니는 이 한정식집을 열었고, 곧장 인기를 끌면서 얼마 지나지 않아 증축까지 했다. 그리고 현재는 현대적인 외관의 신관까지 맞은편에 세울 정도로 늘 손님으로 가득한 집이다. 신관은 일본어를 할 줄 아는 할머니의 아들이 꾸려나가고 있다.

이야기를 듣기 전에 일단 배부터 채웠다. 다 먹지 못할 정도로 차려진 반찬을 앞에 두고 혼자 여행하고 있다는 것이 후회스럽기까지 했다. 거룩하리만치 아름다운 경숙 할머니의 한정식은 안심하고 먹을 수 있는 건강한 맛이었다. 다 먹고 난 뒤 더 건강해지지 않으면 미안할 정도였다. 간이 세거나 자극적이지 않았는데도 '축 처져 있지 말고 힘을 내!' 하며 등을 토닥여 주는 느낌이었다.

"내 밥이 특별히 맛있다고는 할 수 없지만 마음만은 다른 사람 곱절 정도는 담겨 있을 거야."

이렇게 말하는 할머니의 음식 준비를 보기 위해 며칠 후 새벽부터 할머니의 부엌을 찾았다. 경숙 할머니의 하루는 일찍 시작된다. 새벽 4시, 새벽시장을 찾은 할머니는 신선하고 맛있는 식재료를 엄선해 구입했다. 35년의 세월 동안 할머니는 서울 시내의 시장은 물론, 산골 마을의 농가에서 아침 일찍 뜯은 산나물을 사기 위해 지방의 시장까지 망라하고 다녔다. 그래서 특정 시기에만 나오는 진기한 식재료는 물론, 그 식재료의 약효나 효능까지 훤히 꿰뚫고 있었다.

"요전에 엄청난 걸 발견했어."

할머니가 기쁜 얼굴로 내놓은 것은 일본에서는 '고우타케'라 부르는 능이버섯이었다. 한국에서는 송이보다도 귀하게 여긴다고 했다. 실은 나도 딱 한 번, 히로시마 현 게이호쿠에 사는 할머니 집에서 소금에 절여 둔 능이를 본 적이 있는데, '뭐야! 이 포르치니 프랑스 요리에 자주 쓰는 야생 버섯으로 고기 같은 식감에 향이 뛰어나다 처럼 향기로운 버섯은!' 하며 놀랐던 기억이 있다. 게다가 '이걸로 주먹밥을 만들면 얼마나 맛있는지 모른다'는 게이호쿠 할머니의 말을 듣고 이 귀중한 식재료로 정말 일상의 음식을 만드는구나 신기했던 기억도 있다. 그런데 여기 한국에서도 비슷한 말을 듣고 놀랐다. 경숙 할머니가 쌀에다 능이를 넣어 능이밥을 지으면 맛있다고 했기 때문이다. 화려하고 유명한 송이가 '버섯의 왕'이라면 아는 사람만 알고 구하기 쉽지 않은 능이는 '버섯의 여왕' 같았다. 그 버섯으로 살금살금 밥을 지어 일상에 더하는 장면은 어딘가 마녀를 연상시키기도 했다. 그리하여 이번 한국 여행을 통해 '내가 되고 싶은 할머니 상'이 또 한 번 갱신됐다. 능이밥을 지어 찾아온 사람들을 매료시키는 할머니. 나중에 나는 그런 할머니가 되고 싶다.

## 그릇에 담긴 신뢰감

경숙 할머니는 손이 큼직했다. 표고버섯을 데쳐 물기를 꾹 짜거나 콩나물에 소금을 뿌려 절이기만 하는데도 마치 그 큰 손으로 식재료에 힘을 쏟아 붓는 것 같았다. 제이미는 큰 손에 대해서 이렇게 설명했다.

"큼지막한 손은 맛있는 요리를 만드는 사람의 상징 같은 것이기도 해. 한국에

서는 '손맛'이라는 단어가 있을 정도로, 무치거나 절이는 등, 손으로 하는 여러 작업들이 좋은 맛을 만들어 낸다고 생각하거든. 그러니까 할머니의 큰 손은 수많은 사람들을 위해 맛있게 밥을 만들 수 있는 그런 손인 거지."

할머니는 손뿐만 아니라 체격도 다부졌다. 아마도 온몸에서 나오는 힘이 건강한 맛을 만들어 내고 있는 것처럼 보였다. 할머니는 양념부터 시작해 반찬 하나하나 모든 음식을 자신의 큰 손으로 직접 만들었다. 그리고 소금만 해도, 중력으로 자연스레 간수가 빠진 30년 묵힌 소금만 쓴다고 했다. 그만큼 재료에 대한 고집도 대단했다.

할머니에게 가게를 시작한 이유를 물었다. '요리가 좋아서이기도 했지만 남편의 일을 돕기 위해, 그리고 남편의 제자들과 아이들의 생계를 책임지기 위해서'라고 했다. 그러고 보니 남편의 흔적이 없다는 게 이상하다는 생각이 들었다. 제이미와 셋이서 연애 이야기를 나누던 중 남편 이야기를 듣게 됐다. 할머니는 지인의 소개로 남편을 만났고, 남편은 현재 국선도를 있게 한 한국의 유서 깊은 건강 수련법의 계승자라고 했다. 지금은 어디 계시냐고 물으니 "글쎄, 어딘가 산에 있지 않을까?"라는 대답이 돌아왔다. 몇 년 전 아들들이 모두 장성하자 남편은 본래의 사명을 위해 산으로 들어간 이후 지금까지 돌아오지 않고 있다는 이야기였다. 두 사람의 소개를 주선한 지인은 이렇게 생각했다고 한다. '그의 철학 사상과 수련 방식은 훌륭하다. 그리고 그것을 배우기 위해 제자들이 그 뒤를 따르고는 있지만 현실의 삶을 살아가기 위해서는 생활을 지지해 줄 동반자가 필요하다.' 그래서 손재주가 뛰어나다고 정평이 나 있던 경숙 할머니를 그에게 소개했던 것이다.

가게는 정부기관과 경찰서가 밀집된 지역에 자리 잡고 있다. 때문에 정치가들도 많이 찾는 가게다.

"예전에는 이 주변으로 접대를 위한 음식점이 많았지. 그래서 특별한 서비스를 원하는 경우도 있었지만 나는 단호하게 거절했어. 우리 직원에게 손을 대려는 사람이 있으면 엄중하게 대처했지."

그 누구에게나 평등한 할머니의 태도, 그리고 '가게 안에서의 대화는 듣지도 않고 발설하지도 않는다'는 철저한 직원 교육은 손님에게 신뢰를 줬다.

방을 한 바퀴 빙 둘러봤다. 방을 장식하고 있던 몇몇 책과 그림이 눈에 띄었다. 옆에 있는 제이미에게 유명한 작가의 작품인지 물었다. '밥을 먹은 후 돈이 없는 화가가 식비 대신 자기 그림을 두고 가는 경우도 있다'고 했다.

"아마 나보다 아들 녀석이 식당 운영을 더 잘할걸?"

그렇게 말하며 할머니는 사람 좋게 웃었다. 할머니의 행동 바탕에는 돈이라는 것이 놀라우리만치 개입되어 있지 않다. 남편도 그렇지만 할머니 자신도 그런 의미에서 세속적인 것에서 초월해 있는 듯 보였다. 그랬다. 재료에 대한 고집부터 시작해 가게 전반의 분위기에 이르기까지, 할머니의 가게에서 유독 안도할 수 있었던 까닭은 할머니의 넉넉한 포용력 때문이었다.

# 배불리       먹이고 싶은 마음

최태선 할머니의
통영 비빔밥

통영, 한국

쾌적한 버스를 타고 서울에서 네 시간. 남쪽의 항구 도시 통영에 도착했다. 통영은 이번 여행의 주요 목적지였다. 일본어를 할 줄 아는 천혜란 씨가 버스터미널까지 데리러 오기로 했다. 이 책의 한국어판을 준비 중인 남해의봄날 편집자다. '긴 머리에 안경을 쓴 사람이 접니다'라는 메일을 읽고는 밝게 염색한 긴 머리칼에 존 레논 같은 동그란 안경을 쓴 히피스러운 남자의 모습을 떠올렸다. 기운 넘치는 지역 출판사니 문화적인 히피들이 모여 있을 수도 있겠다는 기대에 부푼 가슴을 안고 기다렸다. 그런데 밝게 물들인 긴 머리도 분명 맞고 둥근 안경도 맞았지만 내 눈앞에 나타난 이는 여자였다. 여자! 아하, 그렇구나. 역시나 싶었다.

'본업은 건축가지만 이럴 땐 사장 겸 아내의 개인 보좌관 역할도 하고 있다'며 웃음 짓던 출판사 대표의 남편분도 합류했다. 그리고는 '우리 섬에는 맥도날드가 없으니까 이럴 때 먹어 줘야 한다'며 셋이서 일단은 맥도날드 소프트 아이스크림부터 먹었다. 꽤나 사랑스러운 출발이었다. 출판사로 가는 길에 그들이 좋아한다는 바다 전망대도 잠시 들렀다. 마치 세토나이카이 혼슈, 시고쿠, 규슈에 둘러싸인 내해 를 바라보는 듯, 평화로운 풍경이 펼쳐졌다. 벚나무가 즐비한 길을 지나고 다리를 건너 남해의봄날에 도착했다.

출판의 기능이 도시에 집중되어 있는 한국의 현실 여건상 지역에서 출판사를 운영하는 것은 어렵다는 소리를 듣는 가운데, 남해의봄날은 지역에 자리 잡은 몇 안 되는 출판사들 중 하나라고 했다. 활기 넘치는 곳이었다. 구성원 모두가 다들 엄청나게 성격이 좋았고 대부분이 통영으로 이주해 와서 그런지 가족 같은 분위기였다. 하지만 지역에서의 '슬로 라이프'는 환상이라고 했다. 다들 이구동성으로 '매일 엄청 바쁘다'고 했다. 내 숙소는 출판사 옆에 자리한 '북스테이'. 남해의봄날이 운영하는 책방 겸 게스트룸이었다. 각각의 방은 주제에 따라 통영의 전통공예품과 출신 작가를 소개하고 있었다. 나는 '작가의 방'이라는 이름이 붙은 방에 안내 받았다.

항구도시에 왔으니 당연히 시장부터. 아침 6시, 도매 위주의 큰 새벽시장을 돌며 신선한 생선과 채소, 김치 같은 반찬류, 에일리언 같던 말린 생선을 곁눈질하며, 일단은 제일 중요한 아침밥을 먹기로 했다. 킁킁, 맛있는 냄새에 이끌려 식당 안을 들여다보니 아침부터 아저씨들이 막걸리와 함께 무언가를 맛있게 먹고 있었다. 붕장어의 머리와 뼈로 우려낸 육수에 무청 시래기를 넣어 끓인 '시락국 표준어로는 시래깃국'이라는 국물 음식이었다. 산뜻히면서도 육수의 맛이 살아 있어서 가이센오차즈케 밥 위에 신선한 해물을 올려 뜨거운 차를 부어 먹는 한 그릇 음식 같은 느낌도 있었지만 커다란 냄비에서 오래도록 끓여 낸 음식 특유의 깊은 맛이 났다. 카운터 근처에 놓인 다양한 반찬을 자유롭게 가져다 먹으며 국물을 훌훌 마셨다. 뒷맛은 가벼웠지만 가득 채워진 기분으로 식당을 나올 수 있었다.

어슬렁어슬렁 시장 산책을 하다 보니 오른쪽에도, 왼쪽에도, 앞에도, 뒤에도 온통 할머니 천지였다. '오오, 할머니 파라다이스!' 흥분하지 않을 수가 없었다.

맛있게 밥을 먹으며 손님을 상대하는 그들을 보며 나까지 덩달아 기운이 났다. 잘 모르는 절임류의 저장음식과 김치를 사려고 하니 할머니들이 이래저래 말을 붙여 왔다. 아무래도 할머니들의 억척스러운 호객에는 '연공서열' 같은 게 있는 모양이 었다. 나는 그중에 가장 나이가 많은 할머니와 흥정을 해 보고 싶었지만 그 압도적 인 기운에 눌려 가까이 가보지도 못했다. 최근 내가 너무 편하게만 살았구나, 스 스로의 생활을 반성했다. 그래도 근처 카페에서는 잠시나마 카페 주인장 할머니와 시간을 나눴다. 한국어를 모르는 내 정면에 앉아 연신 웃으며 한국어로 말을 걸어 왔다. 버스에 탔을 때는 신호 대기 때마다 내 쪽을 돌아보며 "혼자 왔어요? 친구 없어요?" 걱정스레 말을 걸어오는 기사 아저씨와 만나기도 했다. 통영 사람들은 다들 친절했다.

통영에서의 첫 모험을 마친 후 숙소에 돌아오니 천혜란 씨가 '조금 젊긴 하지만 식당을 운영하는 할머니가 계시니 만나러 가 보자'고 했다. '새벽시장은 그야 말로 할머니들의 천국이었다'는 후기를 전하니 '시장 할머니들은 다들 부지런하고 정말 일을 많이 하는 분들이다. 하지만 그런 만큼 집에서 밥을 만들어 먹는 분은 적다'고 했다. 듣고 보니 맞는 말이었다. 할머니들의 시대, 여자라면 누구나 집에서 음식을 만들어 먹을 것이라 생각하면 큰 오산이다. 어느 나라에서건 그렇지만, 요리를 잘하는 80세 이상의 할머니를 찾기 위해 꽤나 고전하고 있으니 말이다. 또한 젊을 때 직장생활을 했던 할머니들은 일이 바빠 집에서 밥을 지어 먹지 않는 경우도 많다. 솔직히 말해 내 친할머니가 이 책에 등장하지 않는 것도 그런 이유 때문이다. 상황이 이러하다 보니 각국 각지에서 식당을 하는 할머니들은 그 많은 사람들의 식사를 책임지는 굉장한 임무를 수행하고 있다는 생각이 들었다.

## 대를 잇고 싶은 어머니의 유산

식당을 운영한 지 40년째라는 최태선 할머니. 그 주변으로 식당이라곤 하나도 없던 시절, 여관 건물을 지으러 온 인부들에게 밥을 만들어 주던 것이 식당을 하는 계기가 됐다. 오랜 세월 영업해 온 식당일수록 그 시작에 극적인 이유가 없는 경우가 더 많다. 요즘에는 무언가를 시작하려면 어떤 식으로든 의미가 필요하다는 느낌을 받곤 한다. 그냥 가게를 여는 일인데도 대의명분을 내세우지 않으면 안 된다. 가게로 넘치는 요즘 시대, 뭐든 다 포화상태인데다가 무언가 남과 다르지 않으면 새롭게 시작한다는 의미가 없는 것처럼 보이기 때문이다. 하지만 갖다 붙이는 의미도 뻔히 속이 들여다보이는 것일 뿐, 사실은 그저 풍경처럼 그곳에 오래 존재해 온 것만큼 훌륭한 것은 없고, '그저 배불리 먹인다'는 것 이상으로 존엄한 임무는 없을 것이라는 생각이 든다.

태선 할머니가 요리하는 모습을 지켜볼 수 있다고 해서 기대에 부풀었다. 그런데 시작하고 10분 만에 모든 조리 공정이 끝나 버렸다. 너무나도 순식간에 끝나 버려 웃음이 나면서도 그야 뭐 당연한 일이겠다는 생각이 들었다. 새벽 5~6시부터 밤 9시까지, 하루 300명 이상을 배불리 먹여야 하는데 꾸물대고 있을 수는 없

는 노릇이니까. 할머니가 만들어 준 비빔밥은 내가 알고 있던 한국의 다른 비빔밥
과는 약간 달랐다. 통영에서 먹은 비빔밥은 항구 도시의 음식답게 어패류가 들어
간 국물을 함께 먹는 촉촉한 느낌이었다. 비빔밥에 올라간 각종 나물 중에는 이런
것도 있었다. 애호박과 대합을 참기름으로 볶다가 멸치 육수를 넣고 조금 더 볶은
후 냄비째로 차가운 물에 담가 식혀 만든 나물이었다. 겨울에는 멸치 육수 대신 쌀
뜨물을 넣어 맛을 더 풍부하게 만든다고 했다. 각각의 나물 맛이 절묘했으며, 보편
성을 위해 지역의 맛을 변형시키지 않는, 한국 요리의 참모습을 만났다는 생각이
들었다.

　　할머니의 아들은 일본에서 공부하고 취업까지 했다. 하지만 다시 통영으로 돌

아와 할머니의 뒤를 잇고 있었다.

"한국 연의 전통을 잇고 계신 아버지는 제가 가게를 잇겠다는 것을 반대하고 계시지만 말이죠."

1년 두 번의 명절 휴가를 제외하고 매일 범상치 않은 양의 음식을 준비하는 건 분명 쉽지 않은 일이다. 매실청만 해도 직접 담아 3년 동안 숙성한 것만을 쓰고, 겨울에는 무려 3일 동안 열 명이서 배추 3000~4000포기를 김장해야 한다. 그러니 음식에 대한 어머니의 고집을 그대로 잇는다는 게 결코 쉬운 일은 아닐 것이다. 미국에서 돌아와 한정식집을 잇고 있는 경숙 할머니의 아들도 그렇고, 능력이 뛰어난 아들들이 자신이 선택한 길을 포기하고서까지 돌아올 결심을 하게 된 배후에는 아무래도 위대한 어머니의 존재가 있었기 때문이리라. 태선 할머니는 아들에게 이런 말을 전해 됐다고 했다.

"내가 죽거들랑 신세 졌던 손님들 모두 장례식에 불러다오. 그리고 한 상 가득

230

배불리 먹여 보내거라."

할머니는 설날과 추석, 1년에 두 번 휴일을 갖고 해외여행을 가기도 한다. 하지만 그 외에는 평일이건 주말이건 아침부터 밤까지 계속 식당에만 있다.

"손님들이 이야깃거리를 들고 오기 때문에 심심할 틈이 없어. 맛의 비결? 이 지역의 음식을 계속 변함없는 맛으로 만드는 것, 그뿐이지 않겠어?"

이렇게 말하며 할머니는 다정한 미소를 보였다. 그 미소를 보는데 얼마 전 취재로 만났던 마사미 할머니가 떠올랐다. 나가노 현에 살고 있는 99세의 마사미 할머니는 고생이 끊이지 않던 자신의 인생을 두고 "이 정도면 평범하게 살아온 거지"라며 여유롭게 웃어넘겼다. 그리고 이런 말을 덧붙였다.

"살아 있는 동안 꽃피우지 못하는 인생이 있다 해도 괜찮지 않을까?"

그 말은 나도 모르는 사이 모든 것들에서 의미를 찾곤 하던 내 가슴에 깊은 울림을 남겼다. 늘 변함없이 문을 여는 가게, 대를 이어 나갈 것을 만드는 사람들이 고요하게 쌓아 가는 나날들은 아무리 봐도, 정말이지 멋지다.

# 사랑스런 할머니의　　요리 비법

박화자 할머니의
된장게찜

통영, 한국

통영에서 마지막으로 만난 이는 자녀 넷에 손주 열을 거느린 80세의 '빅 그랜드마더' 박화자 할머니였다. 할머니는 통영 근처 고성에서 나고 자랐는데, '통영에서 학교 선생을 하고 있는 좋은 남자가 있다'는 소개를 받고 통영으로 넘어왔다고 했다. 그런데 결혼하고부터가 정말 힘들었다. 전업주부가 된 할머니는 몸이 약한 시어머니와 시할아버지를 보살펴야 했다. 시어머니는 '효부'로 인정받을 만큼 효심이 깊어, 교육청과 경찰서에서 표창장을 받을 정도였기에 할머니 역시 시어머니를 본받아 시어르신을 헌신해서 모셨다.

"남편은 출근했지, 집안에 일손은 없지, 무거운 걸 들어야 하는 힘쓰는 일도 전부 내가 할 수밖에 없었어. 어찌나 힘이 들던지. 그래도 남편은 정말 다정한 사람이었다우."

할아버지는 할머니를 '월화'라는 애칭으로 불렀다. '달처럼 아름다운 꽃'이라는 의미였다. 할머니는 할아버지를 '별처럼 아름다운 꽃'이라는 뜻을 담아 '성화'라고 불렀다. 그렇게 두 사람은 참으로 로맨틱한 사랑을 키워 왔다.

"할머니는 늘 할아버지 이야기를 해요. 할아버지는 정말 다정하고 귀여운 분이셨어요. 우리들과 만날 때면 늘 하이파이브로 인사를 했었거든요."

이렇게 말하며 손녀딸인 원지 씨도 깔깔대며 웃었다. 원지 씨도 할아버지를 따라 할머니를 월화라고 불렀다. 할머니와 손녀 셋이 모여 일본 온천 여행을 다녀올 정도로 서로 다들 사이가 좋았다. 취재를 부끄러워하는 할머니를 설득한 것도 원지 씨였고 할머니가 긴장하지 않도록 인터뷰 자리에 함께해 준 이도 원지 씨였다. 그날 함께하지는 못했지만 원지 씨의 동생은 할머니를 위해 무려 대본까지 준비해 두었다. 할머니 헌팅 사상 처음 있는 일이었다!

"원지는 어디 여행 가면 내 선물보다는 할머니 선물만 잔뜩 사 와요."

원지 씨 어머니가 웃으며 말했다. 5년 전 할아버지가 타계한 이후, '할머니가 쓸쓸해하는 게 애처롭다'며 원지 씨는 할머니 집에 들어가 함께 살기 시작했다.

"영어교육학과를 졸업했고 해외에서 살아 보고 싶다는 생각도 있긴 해요. 하지만 매일 아침 믹서기를 쓰지 않고 손으로 토마토를 갈아 주는 할머니가 너무 좋기 때문에 아직은 떨어지고 싶지가 않아요."

그렇게 말하며 원지 씨가 웃었다.

교사였던 할아버지의 영향 때문인지, 작은 딸도 교사로 근무하고 있고, 큰딸의 남편 역시 교사다. 그리고 손녀딸인 원지 씨도 학생들에게 영어를 가르치고 있다. 이른바 교육자 집안이다. 사실 우리 집도 부모님 두 분 다 교사였고 친할아버지, 친할머니도 마찬가지였다. 박화자 할머니 가족과 금세 편한 사이가 된 것도 이런 가족사의 배경이 조금은 연관되어 있어서였는지도 모르겠다.

나는 일본에서 이 책이 출간되기 직전, 내 책을 세상에서 제일 먼저 보여 주고 싶었던 사랑하는 아버지를 병으로 잃었다. 아직까지도 도무지 어찌해야 할지 모르겠는 그리움에 사로잡힐 때가 있다. 잠들기 전 아버지가 떠올라 좀처럼 잠에 들지 못하는 경우도 자주 있다. 의식적으로 떠올리지 않으려 애쓰기보다는, 죽은 이를 향한 그리움과 함께 살아가는 방법을 다들 어떻게 찾고 있는지, 그 방법을 배우고 싶었다. 아직까지도 내 감정이 너무 격렬하기 때문에 그 이야기를 누군가에게 한 적이 없었다. 그런데 기분 좋게 개인 오후, 할머니와 함께 논두렁길을 걷다가 문득 그 이야기가 무척이나 하고 싶어졌다. 할머니는 내게 조용히 조의를 표한 후 이렇게 말했다.

"우리 집에 가훈 같은 건 없지만, 남편은 늘 우리에게 거짓말하지 말고 정직하게 살자는 말을 하곤 했어. 그것만은 지키며 살자고 했지. 그리고 남편 또한 그 말 그대로, 정말이지 정직하게 살아온 사람이었다. 그게 얼마나 자랑스러운지 몰라."

누군가와 함께 살아간다는 것은 그 사람의 눈을 통해 세계를 바라볼 수 있게 된다는 것이다. 살림을 도맡은 전업주부였고 혼자서 어딘가를 돌아다닌다는 게 불가능했을 할머니 또한 그랬을 것이다. 할아버지를 통해 할머니의 세계가 한층 더 넓어졌으리라. 요즘 나는 어디에서 세계를 바라보느냐보다 어떤 식으로 세계를 바라보느냐가 더 중요하다는 생각을 종종 하곤 한다. 살아가는 동안 우리가 완전히 '혼자'인 시간은 의외로 드물다. 우리들의 인생 안에는 소중한 사람과의 시간이 존재하는 것이다. 산들바람이 가져다 준 벼의 향기를 맡으며 할머니를 바라보니, 온화한 태양 빛에 반짝이는 할머니의 부드러운 눈빛 안에 할아버지의 존재가 함께인 듯했다. 엎치락뒤치락 정신없던 시절, 그러나 애정 가득한 그 시절을 함께하는 동안, 내 소중한 이들이 원하던 삶의 존재 방식, 세상을 바라보던 방식은 우리도 모르는 사이 우리 안에 배어들었기 마련이다. 가령 어느 날 갑작스런 이별이 찾아온다고 해도 말이다. 그 사실을 깨닫고 마음이 따뜻해졌다.

어찌된 일인지 이번 한국 여행에서는 지금까지의 어떤 여행 이상으로 좋은 사람들만 만났다. 나는 내심 '입은 걸어도 음식은 끝내주게 맛있는' 그런 할머니를 기대하고 있었는데 말이다. 그리고 마지막으로 만났던 박화자 할머니 가족은 지금까지 내가 덮어두기만 했던 감정을 다정하게 건드려 주었기에 특히나 더 내 기대와는 달랐던 만남이었다.

부모님이 언젠가 아무렇지도 않게 했던, 아직도 선명히 기억 속에 남아 있는 말이 있다.

"선생이란 직업은 이상을 말할 수 있는 유일한 직업인지도 몰라."

물론 어른이 되고 나면 듣기 좋은 이상론만을 펼치며 살 수 없는 일이 종종 생긴다. 그럼에도 나는 한국에서 너무나도 이상적인 가족들과 만났고 혼돈의 시대 속에서도 이상을 말하며 착실히 걸어온 그들의 아름다움을 접할 수 있었다. 나 역시도 그렇게 살고 싶다. 그들을 만난 뒤, 천연덕스럽게 이상을 말하며 살아가야겠다는 생각을 하게 됐다.

## 된장게찜, 그리고 김치의 시절

점심시간이 다가올 무렵.

"자, 시장에 가볼까?"

박화자 할머니와 근처 시장을 찾았다. 그러자 여기저기서 시장 할머니들이 인사를 건네며 말을 걸어왔다.

"다리가 시원찮아서 요즘은 늘 손녀가 장을 봐다 주거든. 나도 시장은 오래간만이야."

그렇게 말하는 할머니의 얼굴도 즐거워 보였다. 살아 있는 꽃게를 몇 마리 샀다. 할머니는 집에 도착해서까지도 버둥대며 날뛰던 게의 몸통을 가위로 잘랐다. 그리고 다리와 입 주변에 묻은 모래를 칫솔로 털어 냈다. 게의 날카로운 집게가 무섭지 않느냐고 여쭤 보니 할머니는 웃으며 말했다.

"음, 아주 옛날, 처음에는 약간 무서웠을지도 모르지. 이젠 기억도 안 나네."

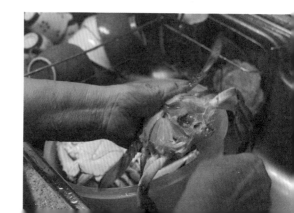

조용조용 점잖던 할머니가 호쾌한 손길로 요리를 하는 모습. 이런 모습이 나는 너무 좋다. 게 손질을 마친 할머니는 양념을 만들기 시작했다. 고추장, 된장, 다진 마늘, 다진 양파, 고춧가루, 생강술, 간장, 그리고 매실청을 한데 넣어 섞었다. 놀랍게도 간장 이외에는 거의 다 집에서 농사를 지어 손수 만든 것들이라고 했다.

아무래도 할머니 음식에 숨어 있는 부드러운 향미와 깊은 맛의 비결은 할머니의 매실청 덕분이지 싶었다. 할머니는 나로서는 거의 재현 불가능한 자신의 특제 양념을 밥숟갈 하나 정도 크게 떴다. 그리고는 2센티미터 두께로 자른 무에 손으로 양념을 고루 바르면서 '이 작업만은 반드시 손으로 해야 한다'고 강조했다. 그리고 할머니는 냄비 바닥이 눌지 않도록 제일 밑에 무를 깔고 절반으로 자른 게를 그 위에 왕창 쏟아 부었다. 얇게 썬 양파, 풋고추, 홍고추를 넣은 후 특제 양념을 그 위에 듬뿍 올려 뚜껑을 덮고 가스불에 올렸다. 10분 정도 끓이고 간을 본 후 오징어와 새우를 넣고 마지막으로 다시 한 번 끓여 내면 완성. 깊은 맛이 나는 특제

양념과 맛있는 게살을 쪽쪽 빨며 먹는 이 게찜이 맛이 없을 리가 없다.

"우리 남편도 그렇고, 제부들도 정말 좋아하는 음식이에요. 우리가 없을 때에는 직접 어머니께 부탁해 만들어 달라고 할 정도니까요."

원지 씨의 어머니가 웃으며 말했다. 항구도시라고는 하나 모든 집에서 이 '된장게찜'을 만들어 먹는 것은 아니라고 했다. 그러니까 박화자 할머니만의 대표 메뉴인 셈이다. 언제나 나는 할머니들에게 평소 먹는 음식을 가르쳐 달라고 한다. 말하자면 '수수한 집밥 애호가'다. 그런 나로서는 아무리 봐도 이날의 식탁이 뭔가 축하할 일이 있는 날의 식탁처럼 보였다.

"이 된장게찜은 다른 지역에 사는 손자, 손녀가 집에 왔을 때 늘 만드는 음식이야. 그러니 특별한 날이라고도 할 수 있겠지. 손녀는 다이어트 중에도 우리 집에 오는 날이면 밥을 평상시보다 더 많이 먹게 된다고들 해. 그런 손자 손녀들 때문에 자주 만들곤 하지."

할머니는 나를 처음 만나자마자 '해외에 살고 있다가 오랜만에 집에 온 손녀 같다' 했고 다음 날 새벽 4시부터 들뜬 마음으로 반찬을 만들었다. 그리고 메인 요리로 이 된장게찜을 준비해 준 것이다. 된장게찜에 그런 의미가 담겨 있다는 걸 알게 된 이상 최선을 다해 먹을 수밖에 없었다.

박화자 할머니는 재료를 무치거나 섞을 때도 그랬지만 김치도 맨손으로 찢어 그릇에 담았다. 할머니의 김치는 지금까지 다른 곳에서 먹었던 것들보다 산미가 날카롭게 살아 있었다. 단순히 '김치'라고 뭉뚱그려 말하고는 있지만 '하나의 음식 안에 다양한 맛이 있어 즐기는 재미가 있다'는 것을 실감하게 해 준 김치였다. 된장에 박아 만든 장아찌나 집에서 만든 미소 된장도 그렇듯 김치 같은 음식은 '이 사람 것이 최고다'라고 순위를 정할 수 있는 것이 아니다. 누구 한 개인의 것이 아니라, 다들 저마다의 레시피로 만들어 가며 생활의 일부가 된 것들이고 각각의 문화와 유산으로 숙성시켜 온 것들이다. 이러한 의미를 지닌 할머니의 레시피가 사라져 가고 있다. 그리고 그것으로 인해 생겨나는 폐해는 개개인의 역사와 이어지는 풍경 하나가 사라져 버리는 것과 같다는 생각을 요즘 들어 하게 됐다. 최근에 읽었던 책 중에 할머니의 레시피가 말하고자 하는 것과 비슷하다고 느낀 책이 있다. 야나기 무네요시가 쓴 〈수작업의 일본〉이라는 책이다. 책 말미에 이런 말이 나온다.

"진정으로 국민적이며 향토적인 성질을 가진 것들은 비록 서로가 그 외형은 다를지언정 내면에서 하나로 맞닿는 부분이 있다고 느낍니다. 이런 의미에서 진정으로 민족적인 것들은 서로 가까운 형제지간이라고 말할 수 있지요. 세계는 하나로 이어져 있다는 사실을 오히려 나는 고유의 옛것들로부터 배웁니다."

세계 각지에 살고 있는 할머니의 요리를 만날 때마다 의외로 내 가까운 곳에서도 그 비슷한 종류의 것들을 발견하게 된다. 그러면서 내가 만난 모든 할머니들에게 특유의 친밀감을 느끼게 된다. 이런 것들이 신기하면서도 기쁘다. 그래서 아마 다시 만나러 가고 싶어지나 보다. 다시 또 언젠가, 이번 여행에서 만난 할머니들이 김치를 담을 계절에 맞춰 한 번 더 한국의 할머니들을 만나러 가고 싶다. ◉

**도서출판 남해의봄날 비전북스 17**

우리 인생에 모범답안은 정해져 있지 않습니다. 대다수가 선택하고,
원하는 길이라 해서 그곳이 내 삶의 동일한 목적지는 될 수 없습니다. 진정한 자유를 위해
용기 있는 삶을 선택한 사람들의 가슴 뛰는 이야기에 독자 여러분을 초대합니다.

# 할머니의 행복 레시피

| | |
|---|---|
| 초판 1쇄 펴낸날 | 2018년 4월 20일 |
| 2쇄 펴낸날 | 2018년 11월 30일 |

| | |
|---|---|
| **지은이** | 나카무라 유 |
| **옮긴이** | 정영희 |
| **편집인** | 천혜란 책임편집, 장혜원, 박소희 |
| **마케팅** | 원숙영, 김하석 |
| **디자인** | 그라필로그 |
| **종이와 인쇄** | 미래상상 |
| **펴낸이** | 정은영 편집인 |
| **펴낸곳** | 남해의봄날 |
| | 경상남도 통영시 봉수1길 12, 1층 |
| | 전화 055-646-0512 |
| | 팩스 055-646-0513 |
| | 이메일 books@namhaebomnal.com |
| | 페이스북 /namhaebomnal |
| | 인스타그램 @namhaebomnal |
| | 블로그 blog.naver.com/namhaebomnal |

ISBN 979-11-85823-25-6 03830
© 2018 남해의봄날 Printed in Korea

남해의봄날에서 펴낸 서른한 번째 책을 구입해 주시고, 읽어 주신 독자 여러분께 감사의 마음을
전합니다. 파본이나 잘못 만들어진 책은 구입하신 곳에서 교환해 드리며 책을 읽은 후 소감이나
의견을 보내 주시면 소중히 받고, 새기겠습니다. 고맙습니다.